10

Klarant Verlag

Die gebürtige Ostfriesin ***Sina Jorritsma*** aus der Krummhörn studierte in Hamburg Germanistik und Philosophie, bevor sie wieder in ihre Heimat zurückkehrte. Sie veröffentlicht unter Pseudonym, weil sie ihre Umgebung genau beobachtet und Ereignisse aus ihrem Leben in ihre Geschichten einfließen. Das Romaneschreiben ist ihr kleines Geheimnis, das nur wenige Menschen kennen. Bei einer großen Kanne Ostfriesentee mit Sahne und Kluntjes kann sie halbe Nächte durchschreiben, tagsüber hält sie sich mit Joggen fit. Sina Jorritsma lebt mit ihrer Familie in einem kleinen Ort bei Emden.

Sina Jorritsma

Juister Clown

Ostfrieslandkrimi

Klarant Verlag

Klarant Verlag, www.klarant.de – www.ostfrieslandkrimi.de
ISBN: 978-3-96586-358-3
1. Auflage 2021
Umschlagabbildung: Klarant Verlag

Printed in the EU.

Kapitel 1

Kommissarin Antje Fedder hatte soeben ihren Dienst begonnen, als das Funkgerät der Juister Inselwache ansprang.

»Polizei Juist, bitte kommen!«

Die blonde Polizistin eilte zu dem Gerät und griff sich das Mikrofon. Trotz des atmosphärischen Rauschens und des Möwenkreischens im Hintergrund erkannte sie die Stimme des Mannes sofort. Er ließ sich normalerweise nicht aus der Ruhe bringen. Jetzt hingegen klang er fast schon panisch. Es musste sich etwas Schlimmes ereignet haben.

»Moin, Harm. Hier spricht Antje. Was gibt es denn so Dringendes am frühen Morgen?«

Die kleine Polizeistation der beliebten Nordseeinsel bestand nur aus dem Erdgeschoss eines Einfamilienhauses in der Carl-Stegmann-Straße. Im ersten Stockwerk war Antjes Dienstwohnung. Wenn sie zur Arbeit gehen wollte, musste sie nur ihre Uniform anziehen und die Treppe hinuntergehen. Das hatte sie soeben getan, denn es war acht Uhr – Schichtbeginn für die gesamte Inselpolizei, die allerdings nur aus Antje und ihrem Kollegen Roland Witte bestand.

»Hier liegt ein Toter. Ein … sehr seltsamer Toter!«

Harm Pommer klang, als ob er sich krampfhaft zu beherrschen versuchte. Antje konnte seine Beklemmung verstehen. Bestenfalls war er mit einer Leiche allein, schlimmstenfalls befand sich auch noch der Mörder in seiner Nähe. Nämlich dann, wenn der Tote gewaltsam ums Leben gekommen war. Es hatte keinen Sinn, per Funk nähere Informationen einzuholen. Die Kommissarin musste sich vor Ort ein Bild von der Lage machen.

»Harm, bleib bitte ruhig«, sagte sie eindringlich. »Am besten gehst du in dein Haus und schließt die Tür hinter dir ab. Roland und ich kommen so schnell wie möglich zu dir.«

»Roland – ist das dein neuer Kollege?«

Inzwischen befand sich der dunkelhaarige Polizist schon seit zwei Jahren auf Juist. Er und Antje waren privat ein Liebespaar geworden. Doch für einen Mann wie Harm Pommer, der so selten unter Menschen kam, war Roland gewiss immer noch der »neue Polizist«.

»Ja, Harm. Wir beeilen uns, ich verspreche es dir. Roland kommt gerade herein, wir brechen gleich auf.«

Mit diesen Worten hängte sie das Mikrofon wieder an seinen Platz, denn nun betrat ihr Kollege die Inselwache. Er bewohnte als Dauergast ein Zimmer in einer kleinen Frühstückspension.

»Moin, Antje. Wir brechen auf? Wohin denn?«

»Nach Memmert. – Nimm die Gummistiefel mit, falls du keine nassen Füße kriegen willst. Und den Tatortkoffer brauchen wir natürlich auch.«

Die Inselpolizistin setzte ihre Mütze auf, zog ihre Jacke an und griff sich ihr eigenes Paar Gummistiefel, das in einer Ecke neben ihrem Schreibtisch stand. Anfang April gab es schon schöne sonnige Tage auf Juist, doch das Wetter konnte jederzeit umschlagen. Ganz abgesehen davon, dass es an ihrem Reiseziel keine befestigten Wege gab.

»Memmert, so heißt doch diese Vogelinsel, oder? Ich dachte immer, die wäre unbewohnt.«

»Ja, das stimmt auch. Allerdings gibt es dort eine Beobachtungshütte, in der ein Vogelwart lebt. Er heißt Harm Pommer und hat mir soeben einen Leichenfund gemeldet.«

»Und wie kommen wir nach Memmert? Willst du uns von der Küstenwache dorthin chauffieren lassen?«

»Es dauert viel zu lange, bis ein Patrouillenschiff uns hier abgeholt hat. Und wenn wir einen Hubschrauber nehmen würden, wäre der lautstarke Anflug pures Gift für die nistenden Piepmätze auf der Miniinsel. Nein, wir fragen einfach einen Yachtbesitzer, ob er uns mitnimmt.«

Während ihres Wortwechsels hatten die Inselpolizisten die Wache verlassen und sich auf ihre Fahrräder geschwungen. Von der Dienststelle bis zum Hafen war es nicht weit, doch als gebürtige Juisterin legte Antje so gut wie jede Strecke per Fahrrad zurück. Und ihr Kollege hatte diese Sitte schnell übernommen, seit er auf der idyllischen Nordseeinsel arbeitete.

Die Kommissarin überlegte, wie der Tote auf das unbewohnte Vogeleiland gelangt sein konnte. Es gab eigentlich nur zwei Möglichkeiten. Entweder war die Leiche mit der Flut angespült worden oder die Person hatte Memmert von einem Boot aus erreicht. Dann musste er allerdings noch gelebt haben. Nach Antjes Meinung ergab es nämlich überhaupt keinen Sinn, einen Toten auf der winzigen Insel abzuladen. Wer eine Leiche beseitigen wollte, konnte sie besser mit einem Gewicht an den Füßen auf hoher See versenken. Die Wahrscheinlichkeit, dass die sterblichen Überreste dann gefunden wurden, ging gegen Null.

Die Inselpolizistin war auf sich selbst sauer, weil sie bereits wild spekulierte. Viel sinnvoller wäre es gewesen, zunächst einen Blick auf den Leichnam zu werfen. Antje schwieg nun, und Roland warf ihr einen prüfenden Blick zu. Ob er ahnte, was in ihr vorging? Als gebürtige Inselfriesin war sie ohnehin nicht so redselig wie ihr geselliger Freund, der instinktiv zu den meisten Menschen schnell einen Draht finden konnte. Um diese Eigenschaft beneidete sie ihn manchmal, aber sie konnte nicht aus ihrer Haut. Immerhin versuchte er in solchen Momenten wie jetzt nicht, ihr ein Gespräch aufzuzwingen. Sie nahm sich fest vor, ihre aufkommende schlechte Laune nicht an ihm auszulassen.

Als die beiden den Yachthafen erreicht hatten, bremste Antje und parkte ihr Rad. Sie sagte: »Schau mal, Reemt ist an Bord seiner *Nyx*. Er wird uns bestimmt helfen!«

Reemt Basner war ein pensionierter Lehrer, der seinen Lebensabend auf Juist verbringen wollte. Er besaß eine kleine Motoryacht, die er nach der griechischen Göttin der Nacht und der Finsternis benannt hatte. Basner war allgemein ein Freund der klassischen Antike. Nach Meinung der Kommissarin sah er selbst mit seinem weißen Haar und dem langen Bart ein wenig wie der Göttervater Zeus aus. Der Yachtbesitzer stand auf dem Achterdeck und rollte gerade ein Tau auf. Er trug ein verwaschenes Sweatshirt und knielange Jeansshorts. Da er sich viel an der frischen Luft aufhielt, war seine Haut tief gebräunt. Er winkte den Inselpolizisten zu, die sich ihm näherten.

»Moin, was will denn das Auge des Gesetzes von mir?«, fragte er lächelnd. Doch Antje blieb ernst.

»Es hat auf Memmert einen Notfall gegeben, Reemt. Könntest du uns bitte sofort dorthin fahren?«

Der Ex-Lehrer erschrak sichtlich.

»Ja, selbstverständlich. Die *Nyx* ist vollgetankt. Aber – sollten wir nicht noch einen Arzt mitnehmen?«

»Wenn ich Harm richtig verstanden habe, dann braucht die Person keine medizinische Hilfe mehr«, erklärte Antje trocken. Sie fügte hinzu: »Mehr weiß ich auch noch nicht.«

Während die Inselpolizisten mit Basner sprachen, waren sie an Bord gekommen. Die *Nyx* war eine kleine und alte, aber liebevoll restaurierte Motoryacht. Antje wusste, dass der Unterhalt eines solchen Wasserfahrzeugs ein teures Hobby war. Doch Reemt Basner lebte ansonsten bescheiden. Er wohnte in einem kleinen Zimmer bei einem der Juister Privatvermieter. Das Boot war sein einziger größerer Ausgabenposten, einen Wagen besaß er auf der autofreien Insel nicht.

Der Skipper machte die Leinen los, und die *Nyx* tuckerte ins Fahrwasser, durch das man von Juist nach Memmert gelangte. Die Ermittler hatten Glück, dass gerade keine Ebbe war. Der gezeitenabhängige Hafen der Urlaubsinsel konnte nur zu bestimmten Zeiten per Schiff erreicht werden.

Basner stand am Ruder und schaute entweder auf den Kreiselkompass oder nach vorn. Die *Nyx* pflügte durch die Wogen, für Antjes Geschmack viel zu langsam. Doch sie war dankbar dafür, auf die Schnelle überhaupt eine Mitfahrgelegenheit gefunden zu haben.

Antje und Roland nahmen auf der kleinen Holzbank Platz, die auf dem Achterdeck festgeschraubt war.

»Falls die Person auf der Insel umgebracht wurde, ist der Mörder womöglich noch vor Ort«, dachte der Kommissar laut nach. Er fragte: »Wäre es nicht sinnvoll, mit diesem Vogelwart telefonisch in Kontakt zu bleiben?«

»Grundsätzlich schon, aber Memmert wird weder von den deutschen noch von den niederländischen Mobilfunknetzen abgedeckt. Und eine Festnetzleitung existiert auf der Insel auch nicht. Stattdessen hat der Vogelwart ein robustes Funkgerät, mit dem er mich vorhin erreichte.«

»Wie lange kennst du diesen Harm Pommer eigentlich schon?«, wollte Roland wissen.

»Das ist eine gute Frage. Zehn Jahre mindestens, aber während dieser Zeit habe ich keine dreißig Sätze mit ihm gesprochen.«

»Selbst für einen Inselfriesen kommt mir das ziemlich wortkarg vor«, meinte der Kommissar grinsend.

»Harm ist eben oft mit den Vögeln allein, da verlernt man das Sprechen vermutlich. Den Job als Vogelwart macht er seit ein paar Jahren. Und ich weiß nicht, was er vor seiner Zeit auf Memmert gemacht hat. In seiner ersten Zeit auf Juist arbeitete er jedenfalls bei der Gepäckverladung für die Fähren.«

»Also ist er kein gebürtiger Juister?«

»Nee, er stammt von Borkum oder Langeoog, glaube ich. Fest steht, dass er auf dem Töwerland niemals mit dem Gesetz in Konflikt gekommen ist. Andernfalls hätte ich mich schon mit ihm befasst.«

Töwerland bedeutete Zauberland und war eine liebevolle Umschreibung der Juister für ihre Heimatinsel. Bevor die Polizeiführung eine Planstelle für Roland geschaffen hatte, war Antje jahrelang allein für die Durchsetzung von Recht und Ordnung auf der Urlaubsinsel zuständig gewesen. Ihr entging so leicht nichts. Eine Straftat durch Harm Pommer wäre ihr garantiert zu Ohren gekommen.

Die kurze Seereise näherte sich bereits ihrem Ende. Basner drehte bei, sodass die Motoryacht an der nur wenige Kilometer langen Insel entlangglitt. Antje hatte in der Grundschule gelernt, dass dieses Eiland ursprünglich nur eine Sandbank gewesen war. Die höchste Erhebung auf Memmert war die Kreuzdüne mit einer Höhe von acht Metern über dem Meeresspiegel. Doch das war momentan für die Ermittler nebensächlich. Antje und ihr Kollege hielten nach Harm Pommer Ausschau. Seine bescheidene Behausung hatten sie bereits entdeckt, und auch die Bewohner der Insel waren in tausendfacher Anzahl versammelt.

Es gab Silber- und Heringsmöwen, außerdem Regenpfeifer, Austernfischer und Brachvögel. Einige Exemplare flatterten aufgeregt hin und her, als sich die *Nyx* Memmert näherte. Lediglich die Möwen zogen unbeeindruckt vom menschlichen Besuch ihre Bahnen am leicht bewölkten Frühlingshimmel.

»Da ist der Inselwart!«, rief Basner aufgeregt. Nun hatten auch die Kommissare Harm Pommer entdeckt. Der Melder winkte ihnen zu. Der Skipper drosselte den Motor seiner Yacht noch weiter. Die *Nyx* hatte nur wenig Tiefgang, sodass sie sich dem Strand bis auf zehn oder zwölf Meter nähern konnte.

Antje hatte ihre Gummistiefel bereits angezogen, Roland folgte ihrem Beispiel. Sie wandte sich an Basner: »Ich danke dir für den schnellen Trip. Könntest du uns in einer Stunde abholen? Bis dahin blicken wir hoffentlich besser durch.«

»Das ist doch selbstverständlich«, gab er zurück. »Ich freue mich, wenn ich helfen kann.«

Die Kommissarin nickte ihm zu und sprang von Bord. Ihre Stiefel reichten fast bis zu den Knien, dennoch drang noch ein wenig Wasser in ihre Uniformhose. Eigentlich liebte sie es, mit einem Boot auf der Nordsee unterwegs zu sein. Doch den heutigen Kurztrip hatte sie nicht genießen können, und das war nicht nur auf den traurigen Anlass zurückzuführen. Womöglich lauerte noch irgendwo auf Memmert ein Mörder. Und diese Aussicht gefiel ihr überhaupt nicht.

»Gott sei Dank!«, sagte Pommer, der die Beamten am Spülsaum erwartete. Für seine Verhältnisse waren diese drei Worte schon ein enormer Gefühlsausbruch. Antje blickte forschend in sein wettergegerbtes Gesicht. Der Vogelwart trug einen Isländerpullover, der für einen schönen Apriltag womöglich etwas zu warm war. Außerdem hatte er eine Cordhose und Gummistiefel an.

»Das ist Roland, mein Kollege«, sagte Antje und deutete auf den dunkelhaarigen Kommissar.

Harm Pommer nickte ihm zu. Er gehörte zu den Männern, deren Alter sich unmöglich einschätzen ließ. War er fünfzig, sechzig oder noch älter? Sein dunkelbrauner Bart war ebenso wie sein schulterlanges Haupthaar mit grauen Strähnen durchsetzt. Da es auf der Vogelinsel natürlich keinen Frisör gab, wirkte Pommer etwas zerzaust.

Doch sein Äußeres ist momentan wahrscheinlich das Letzte, worüber er sich den Kopf zerbricht, dachte Antje. Sie fragte: »Wo liegt der Tote, Harm?«

»Ein Stück weit von hier entfernt, vielleicht fünf Minuten. Ich hätte direkt bei der Leiche gewartet, aber dort ist das Wasser ziemlich tief. Es war besser, dass ihr hier an Land gegangen seid.«

Die *Nyx* hatte inzwischen wieder abgedreht und Kurs auf Juist genommen. Die Ermittler stapften am Spülsaum entlang, wobei die Gischt sich an ihren Stiefeln brach. Der Ermittlerin lagen unzählige Fragen auf der Zunge, aber sie wollte sich zunächst selbst ein Bild von der Lage machen. Auf der sandigen Insel mit ihrer spärlichen Vegetation hatte man einen freien Blick über den breiten Strand. Schon bald konnten die Inselpolizisten den leblosen Körper von Weitem erblicken.

Antje presste die Lippen aufeinander. Es war ungewöhnlich genug, dass diese unbewohnte Insel mutmaßlich zum Schauplatz eines Verbrechens geworden war. Doch das Aussehen der Leiche irritierte sie noch mehr.

Der Tote wies nämlich die Schminke und die bunte Kleidung eines Clowns auf.

Kapitel 2

Wäre Harm Pommer nicht so ein ernsthafter und verschlossener Mensch gewesen, dann hätte Antje spontan an einen schlechten Scherz geglaubt. In dem Fall wäre sie darauf gefasst gewesen, dass der Mann aufspringen, einen Purzelbaum schlagen, Konfetti in die Luft werfen und die verblüfften Gesichter der Polizisten mit seiner Smartphone-Kamera filmen würde.

Doch das geschah nicht. Die weite helle Bluse mit den bunten großen Knöpfen wies einen Riss am Rücken auf. Der Tote lag auf der Seite, sodass seine bleiche Haut darunter zu erkennen war. Die Stichwunde konnte man nicht übersehen.

»Hast du den Toten berührt, Harm?«

Der Vogelwart beantwortete Antjes Frage zunächst nur mit einem Kopfschütteln. Doch dann erkannte er, dass sie zumindest ein paar Worte von ihm erwartete.

»Ich habe nur kurz nach seiner Halsschlagader getastet. Es wäre ja möglich gewesen, dass er noch lebte. Aber er fühlte sich an wie ein Toter.«

»Wann hast du die Leiche gefunden?«, wollte die Inselpolizistin wissen.

»Unmittelbar bevor ich dich angefunkt habe. Ich drehe morgens immer eine Runde um das Eiland. Ich sah ihn schon von Weitem, um halb acht war es schon hell genug. Erst hielt ich den Mann für eine Schaufensterpuppe oder etwas Ähnliches. Manchmal werden hier die unglaublichsten Gegenstände angeschwemmt. Das wird auf Juist ähnlich sein. Doch als ich näher kam, erkannte ich, dass ich einen toten Menschen vor mir hatte.«

Für Pommers Verhältnisse war diese Aussage schon ein halber Roman. Antje ließ ihn für den Moment in Ruhe. Später würden seine Beobachtungen sowieso noch offiziell zu Protokoll genommen werden müssen. Sie wollte sich schon von dem Toten abwenden, als sie eine dünne Kette unterhalb des breiten Blusenkragens bemerkte. Sie zog sich Latexhandschuhe über und löste vorsichtig das Schmuckstück vom Hals der Leiche. Es bestand aus einer schmalen Silberkette, an der sich ein Medaillon in Form eines Schwans befand. Es war aus demselben Edelmetall gefertigt worden. Antje zeigte dem Inselvogt das Kleinod.

»Hast du so ein Medaillon schon mal gesehen, Harm?«

Er schüttelte den Kopf. Offenbar hatte er momentan keine Lust mehr zum Reden. Die Polizistin tat die Kette samt Anhänger in einen Beutel für Beweisstücke. Sie wollte diesen so schnell wie möglich ins kriminaltechnische Labor Oldenburg schicken.

Roland inspizierte währenddessen bereits die nähere Umgebung des Leichenfundorts.

»Das Opfer hat viel zu große Schuhe an den Füßen, wie man es von einem Clown erwarten kann«, stellte der Kommissar fest. Er fuhr fort: »Schau nur, Antje – der Kostümierte ist zusammen mit einer anderen Person aus Richtung Spülsaum gekommen. Das ist logisch, sie werden gemeinsam mit einem Boot angekommen sein. Der andere Mann ging einen halben Schritt hinter dem Clown. Hier sind weitere Fußabdrücke im Sand, allerdings noch von einer dritten Person.«

»Die sind von mir«, erklärte der Vogelwart. »Ich wollte ja nachschauen, was mit ihm los war.«

Roland nickte und öffnete den Tatortkoffer. Er sagte: »Noch sind die Fußabdrücke gut erhalten, das wird bei dem Wind nicht mehr lange so bleiben. Ich muss zum Abgleich auch Ihre Schuhspuren nehmen.«

»*Deine* Schuhspuren.«

»Meine Schuhspuren?«, gab der Kommissar verblüfft zurück.

Der Vogelwart schüttelte den Kopf.

»Nein, so meinte ich das nicht. Wir können uns duzen. Aber nur, wenn Sie es wollen.«

»Ist mir nur recht, ich bin der Roland. – Du hast Schuhgröße fünfundvierzig, oder?«

»Du bist ein guter Beobachter. – Ja, fünfundvierzig oder sechsundvierzig, je nach Fabrikat.«

»Und der Mörder des Clowns hat Größe dreiundvierzig«, stellte der Kommissar fest. Er fuhr fort: »Außerdem haben seine Schuhe ein ganz anderes Profil als deine.«

»Wir könnten es auch mit einer Mörderin zu tun haben«, gab Antje zu bedenken. »Nicht viele Frauen haben Schuhgröße dreiundvierzig, aber völlig abwegig ist es keineswegs. Und der Sohle nach zu urteilen, trug die Person einen handelsüblichen Turnschuh, wie er sowohl von Männern als auch von Frauen benutzt wird.«

Roland hatte bereits Gips angerührt, mit dem er die Fußabdrücke im Sand ausgoss.

Antje sprach nun wieder den Inselvogt an: »Hast du eine Idee, wer dieser Mann sein könnte und weshalb er auf Memmert erstochen wurde?«

Pommer betrachtete das weiß geschminkte Gesicht. Rund um die Augen waren schwarze Sterne gemalt worden, und den Mund hatte man mittels knallroter Farbe grotesk vergrößert und mit nach oben gezogenen Winkeln versehen. Da die Lider geschlossen waren, ließ sich noch nicht einmal die Augenfarbe des Toten feststellen. Auch zu den Haaren ließ sich nichts sagen, weil der Clown eine Perücke mit schulterlangem orangefarbenem Kunsthaar trug. Der Vogelwart ließ sich viel Zeit mit seiner Antwort.

»Ich kann deine Fragen unmöglich beantworten, Antje. Man müsste das Gesicht ungeschminkt sehen. – Du weißt ja, dass zwischen August und Oktober Führungen für Vogelfreunde angeboten werden, dann kommen mal ein paar Menschen nach Memmert. Aber jetzt, im April …«

Es war nicht notwendig, den Satz zu beenden. Die ganze Insel galt als Naturschutzgebiet, und die Brutzeiten der gefiederten Bewohner durften unter keinen Umständen gestört werden. Pommer schien sich allmählich an den Besuch durch die Polizei gewöhnt zu haben. Jedenfalls sprach er nun Antje von sich aus an: »Was geschieht jetzt mit der Leiche?«

»Wir schaffen sie an Bord der *Nyx* nach Juist hinüber. Von dort aus lassen wir den Toten nach Oldenburg bringen, damit die Gerichtsmediziner ihn untersuchen können.«

Pommer schüttelte den Kopf. Er schien immer noch nicht fassen zu können, was ihm widerfahren war. In der Stille von Memmert, wo nur das Meeresrauschen und die Geräusche der Vögel zu hören waren, musste diese drastische Störung des Friedens doppelt und dreifach schwer wiegen. Antje konnte nur erahnen, wie der gewaltsame Tod des Clowns den Vogelwärter erschüttert haben musste. Sie war fest entschlossen, den Fall so schnell wie möglich aufzuklären.

Rolands Stimme riss sie aus ihren Überlegungen.

»Der Mörder oder die Mörderin ist jedenfalls zum Boot zurückgekehrt. Darauf deuten die Fußspuren hin.« Er machte eine kurze Pause und fügte hinzu: »Es wäre allerdings möglich, dass der Verbrecher an einer anderen Stelle abermals an Land gegangen ist.«

»Aber warum sollte er das tun?«, fragte Pommer irritiert.

»Ich weiß es nicht, Harm. Aber ich kann auch nicht sagen, weshalb jemand diesen Mann auf dieser Mini-Insel erstochen hat«, gab der Kommissar zurück und deutete auf den Körper.

Antje blickte auf die Uhr.

»Ob wirklich ein Verdächtiger anderswo noch einmal an Land gegangen ist, lässt sich ja leicht herausfinden. – Roland, du bleibst bitte bei der Leiche. Falls sich wirklich noch jemand außer uns dreien auf der Insel befindet, soll er keine Chance bekommen, etwas an dem Toten zu verändern. Harm und ich drehen eine Runde am Wasser entlang und schauen nach Spuren.«

Der Kommissar nickte und zeigte auf sein Hand-Funkgerät.

»Alles klar, so machen wir es. Wenn es Probleme geben sollte, stehen wir ja über den heißen Draht miteinander in Verbindung. – Übrigens habe ich gerade die Taschen des Clownkostüms durchsucht. Das Opfer hatte nichts bei sich, noch nicht mal ein benutztes Papiertaschentuch.«

Memmert war nur drei Kilometer lang und zwei Kilometer breit. Daher würde der Kontrollgang nicht allzu lange dauern. Und es gab noch einen anderen Grund dafür, dass Antje ihren Kollegen bei der Leiche zurückließ. Roland war für den menschenscheuen Inselvogt ein Fremder, während sie selbst zumindest während ihrer Begegnungen auf Juist schon mal ein paar Worte mit ihm gewechselt hatte. Daher hoffte die Kommissarin, dass er sich ihr gegenüber ein wenig öffnen würde.

Die Polizistin und der Vogelwärter marschierten los. Sie hielten ihre Blicke Richtung Boden gerichtet, damit ihnen Fährten im Sand nicht entgingen. Pommer war ohnehin ein Mensch, der Antje nur widerwillig in die Augen sah. Diese Angewohnheit passte zu seiner zurückhaltenden und verschlossenen Art.

»Bist du denn sicher, dass die Leiche gestern Abend noch nicht da war, Harm?«

»Ja, das steht hundertprozentig fest«, versicherte der Inselvogt. »Ich habe kurz vor Einbruch der Dunkelheit einen Spaziergang rund um das Eiland gemacht. Ich hätte den Toten keinesfalls übersehen.«

»Was hast du gestern noch gemacht?«, wollte die Kommissarin wissen.

»Ich sammelte am Strand ein wenig Treibgut auf. Wenn man es zu lange dort liegen lässt, sieht es nicht mehr schön aus. Außerdem wird manchmal Plastik angeschwemmt, und das kann für die Vögel zur Todesfalle werden. Meinen Abfall nimmt das Versorgungsschiff mit, das alle paar Wochen kommt. Nach meinem Strandgang habe ich mir ein Bier aufgemacht und noch eine Stunde lang in die Glotze gestarrt.«

»Richtig, du hast hier ja Sonnenkollektoren für die Stromversorgung.«

»Genau, es fehlt mir an nichts. Um halb elf horchte ich dann schon an der Matratze.«

»Bist du nachts aufgewacht, weil du etwas gehört hast? Ich überlege, wie sich das Opfer und der Mörder der Insel nähern konnten. Einen Außenbordmotor oder die Maschine einer Motoryacht hättest du doch hören müssen, oder?«

»Ja, Antje. Es ist hier so still, dass ich wach geworden wäre. Aber bei einer Segelyacht oder einem Beiboot mit Rudern liegt der Fall schon anders. Da würden kaum Geräusche entstehen, wenn man sich dem Ufer nähert.«

»Harm, ich bin momentan etwas ratlos. Hast du irgendeinen Verdacht, wer das Opfer sein könnte oder warum dieser Mann im Clownskostüm ausgerechnet hier sterben musste?«

Der Vogelwächter antwortete nicht sofort. Wie lange mochte es her sein, seit er so viele Worte an einem Tag von sich gegeben hatte? Der Mord dürfte sein Einsiedlerleben in den Grundfesten erschüttert haben. Als er wieder den Mund öffnete, sprach er langsam und bedächtig: »Womöglich ist der Clown zufällig auf Memmert gelandet. Hast du an diese Möglichkeit gedacht?«

»Nein, überhaupt nicht. Wie meinst du das?«, wollte Antje wissen.

»Es sind nur wenige Seemeilen von Juist bis hierher. Wenn sich nun jemand in diesen Gewässern nicht auskennt und eigentlich auf das Töwerland wollte?«

Die Kommissarin musste zugeben, dass dies durchaus zutreffen konnte. Es war vor allem plausibler, auf einer bewohnten Insel landen zu wollen. Aus welchem Grund hätte ein Mann im Clownskostüm dem Vogelwächter auf die Bude rücken sollen? Um ihm einen dummen Streich zu spielen? Aber so etwas machten normalerweise nur Freunde oder Arbeitskollegen, und Pommer hatte weder die einen noch die anderen vorzuweisen.

»Wir werden in diese Richtung ermitteln«, versprach Antje. Sie fuhr fort: »Könnte dieser Clown eine Person aus deiner Vergangenheit sein, Harm? Jemand, der dich harmlos veräppeln wollte?«

»Solche Leute kenne ich nicht«, behauptete der Vogelwart. »Ich war immer ein Einzelgänger, schon im Waisenhaus und später in der Marine. Dann bin ich nach Juist gekommen und habe am Fährterminal gearbeitet. Der Job als Vogelwart ist der beste, den ich bisher hatte.«

Antje erinnerte sich an die wenigen Gelegenheiten, bei denen sie Pommer auf ihrer Heimatinsel getroffen hatte. Er war wirklich kein geselliger Mensch. Allerdings hatte sie das Gefühl, dass er ihr etwas verschweigen würde. Sie versuchte, sich nichts anmerken zu lassen. Als Pommer noch auf Juist lebte, war er manchmal als Gast im Lokal ihres Vaters gewesen. Sie nahm sich vor, ihn abends zu besuchen. Tjark Fedder verfügte über eine große Menschenkenntnis. Außerdem erwiesen sich manche Leute gegenüber einem Wirt als recht mitteilsam, jedenfalls eher als bei einer polizeilichen Befragung. Vielleicht traf das auch auf Pommer zu.

»Ist es hier nicht manchmal einsam?«, fragte die Kommissarin, um das Gespräch nicht ins Stocken geraten zu lassen.

»Das macht mir nichts aus. Die richtige Frau hat sich für mich noch nicht gefunden.«

Auf Memmert hat man ja auch nicht viele Gelegenheiten für einen Flirt, dachte Antje. Doch sie sprach diese Überlegung nicht aus. Wenn Pommer sich für das Einsiedlerleben entschieden hatte, würde es dafür schon Gründe geben. Und möglicherweise hatte der Leichenfund ja wirklich nichts mit der Person des Vogelwächters zu tun.

Es dauerte nicht lange, bis die beiden den Strand einmal umrundet hatten. Nirgendwo anders waren Spuren zu sehen gewesen, die nicht von Pommer oder den Juister Inselpolizisten stammten.

Mittlerweile waren die Gipsabdrücke getrocknet. Roland hatte sie beschriftet und für den Transport eingepackt.

»Hast du eine Plane, Decke oder Ähnliches?«, fragte er den Inselvogt. »Wenn wir den Toten mitnehmen, sollten wir ihn nicht den Blicken der Touristen am Hafen aussetzen.«

»Ich müsste noch eine Kunststoffplane in meiner Hütte haben, ich hole sie eben.«

Mit diesen Worten verschwand Pommer. Als er außer Hörweite war, fragte der Kommissar: »Konntest du Robinson noch ein paar Informationen entlocken?«

Antje gab wieder, was sie soeben von Pommer erfahren hatte. Sie fügte hinzu: »Robinson? Wieso sprichst du so ironisch über Harm, Rollo?«

Ihr Freund konnte es nicht ausstehen, wenn sie diesen Spitznamen benutzte. Darum tat Antje es absichtlich, wenn sie sich über Roland ärgerte – so wie in diesem Moment.

»Nichts für ungut, aber ich finde die ganze Situation absurd«, gab er zurück. »Eine einsame Insel, ein toter Clown – und dieser selbst ernannte Eremit, der dich mit seinen Blicken förmlich verschlingt.«

»Du hast wohl zu heiß gebadet! Harm hat einfach schon lange keine Frau mehr gesehen, das ist alles. – Außerdem stehe ich nicht auf Rauschebärte, es gibt also keinen Grund zur Eifersucht.«

»Ich bin nicht eifersüchtig«, beteuerte der Kommissar. »Trotzdem wette ich mit dir, dass dieser Robinson dich zu gerne als seinen weiblichen Freitag hätte!«

Kapitel 3

Die Kommissare mussten das Thema einstweilen begraben, denn nun kehrte Pommer mit einer schwarzen Kunststoffplane zurück. Sie wickelten mit vereinten Kräften den Leichnam in die Plastikfolie. Wenig später kehrte Basner zurück, und sie hievten den Toten an Bord der *Nyx.* Pommer musste die Inselpolizisten nach Juist begleiten, damit sie seine Aussage in Schriftform bringen konnten. Obwohl er im Normalfall die Einsamkeit liebte, schien er sich neben Antje auf der Achterdeck-Sitzbank sehr wohlzufühlen. Ob Roland mit seiner Einschätzung recht hatte?

Na, und wenn schon!, sagte sich die Kommissarin. Wahrscheinlich bildete ihr Freund sich nur ein, dass der Vogelwächter Gefühle für sie entwickelte. Sie ärgerte sich weiterhin über Roland, weil er ihr diesen Floh ins Ohr gesetzt hatte.

Doch als die *Nyx* kurze Zeit später in den Juister Hafen einlief, war Antjes Groll bereits wieder verflogen. Sie konnte ihrem Freund nie lange böse sein, denn er hatte das Herz auf dem rechten Fleck. Außerdem war jetzt nicht die Zeit für kleinliches Gefühlshickhack. Der neue Kriminalfall würde die ganze Aufmerksamkeit der Inselpolizisten erfordern, darüber machte sie sich keine Illusionen.

Die Motoryacht wurde festgemacht. Roland und Pommer schafften mithilfe von Basner die eingepackte Leiche von Bord. Ausgerechnet in diesem Moment kam die Bürgermeisterin angeradelt.

»Die hat uns gerade noch gefehlt«, murmelte der Kommissar leise. Antje war ebenfalls an Land gegangen. Sie hoffte inständig, dass Silke Meester die kleine Gruppe übersehen würde. Aber das geschah leider nicht, denn der große in Kunststofffolie gewickelte Gegenstand hatte offenbar die Neugier der Amtsträgerin geweckt. Die Bürgermeisterin war eine blonde und sehr schlanke Frau in ihren Fünfzigern, die meist graue Röcke und marineblaue Blazer trug. So auch an diesem Tag. Sie stieg vom Rad und setzte ein geschäftsmäßiges Lächeln auf.

»Moin, Frau Fedder! Haben Sie während der Dienstzeit einen kleinen Bootsausflug gemacht? Ich sah eben die *Nyx* in den Hafen einlaufen.«

»Von einer Vergnügungsfahrt kann keine Rede sein«, gab die Kommissarin trocken zurück. »Herr Witte und ich waren beruflich auf Memmert.«

»Ah, darum haben Sie den Inselvogt gleich mitgebracht, wie? – Und was befindet sich in diesem Paket? Doch wohl hoffentlich kein Toter?«

Silke Meester lachte gekünstelt. Es war offensichtlich, dass sie einen Scherz machen wollte. Daraus wurde nichts. Antje schüttelte den Kopf.

»Es handelt sich tatsächlich um einen Mann von unbekannter Identität, der auf Memmert ermordet wurde – vermutlich während der vorigen Nacht.«

Der Bürgermeisterin blieb vor Erstaunen der Mund offen stehen. Es dauerte einen Moment, bis sie sich von der Überraschung erholt hatte. Dann sagte sie: »Das ist ja unglaublich! Aber … Sie sind doch überhaupt nicht zuständig!«

»Wie kommen Sie denn darauf?«, wollte Roland wissen.

»Ganz einfach, Herr Witte. Memmert gehört verwaltungstechnisch nicht zu Juist, es handelt sich um ein gemeindefreies Gebiet.«

Sie wollte noch mehr sagen, aber Antje schnitt ihr das Wort ab: »Harm Pommer hat einen Toten gefunden und die nächstgelegene Polizeidienststelle angefunkt, nämlich unsere Juister Wache. Hätte er vielleicht die Bundespolizei alarmieren sollen? – Entschuldigen Sie uns, Frau Meester – wir haben zu tun.«

Sie ließ die Amtsträgerin stehen, und die Männer folgten ihr mit der geschulterten Leiche. Die Kommissarin wusste, dass die Bürgermeisterin es eigentlich nur gut meinte. Sie war stets um das Wohl und die Sicherheit »ihrer« Insel bemüht. Dies führte allerdings dazu, dass sie sich manchmal ungefragt in die Polizeiarbeit einmischte, obwohl Silke Meester Antje und Roland gar nichts zu befehlen hatte. Als Polizeibeamte unterstanden die beiden ihren Vorgesetzten in der Polizeiführung und letztlich dem Innenminister, nicht aber der kommunalen Amtsträgerin.

Die Inselpolizisten schafften den Toten in einen Lagerraum des Fährterminals und sorgten dafür, dass sowohl der Leichnam als auch das Medaillon zum gerichtsmedizinischen Institut beziehungsweise zur Kriminaltechnik in Oldenburg transportiert wurden. Nachdem sie sich bei Basner für seine Hilfe bedankt hatten, nahmen sie Harm Pommer mit auf die Wache.

»Wie wäre es erst einmal mit einem schönen Tee?«, fragte Antje mit schlecht gespielter Munterkeit. Der Vogelwärter nickte nur. Er hockte auf ihrem Besucherstuhl und schien sich nicht besonders wohl in seiner Haut zu fühlen. Ob er glaubte, dass er verdächtigt wurde? Zumindest aus Sicht der Kommissarin gab es keinen Grund, bei ihm eine Beteiligung an der Bluttat zu vermuten. Die Fußspuren waren eindeutig – der Mörder hatte sich dem Clown von hinten genähert und dann zugestochen. Eine andere Möglichkeit gab es nicht. Die Polizistin vergegenwärtigte sich, dass Pommer wahrscheinlich nur unter akuter Reizüberflutung litt. Wann hatte er das letzte Mal mit so vielen unterschiedlichen Menschen sprechen müssen? Und vermutlich befand er sich momentan zum ersten Mal in seinem Leben auf einer Polizeiwache.

Während Antje Tee kochte, arbeitete Roland schweigend an seinem Computer. Nachdem das ostfriesische Nationalgetränk servierfertig war, ging die Aufnahme der Zeugenaussage schnell über die Bühne. Pommer unterschrieb die ausgedruckten Seiten, trank seinen Tee aus und verabschiedete sich.

»Wie kommst du nach Memmert zurück?«, wollte die Kommissarin wissen.

»Reemt Basner wird mich bestimmt noch einmal übersetzen«, meinte der Inselvogt. Dann machte er sich aus dem Staub. Antje schaute ihm seufzend nach, bevor sie sich ihrem Freund zuwandte.

»Du warst ja gerade auffallend still, mein Lieber.«

»Die Zeugenvernehmung wurde ja von dir durchgeführt, da muss ich nicht dazwischengrätschen«, sagte der Kommissar. Er fuhr fort: »Ich habe die Zeit genutzt und mich mit dem Medaillon befasst.«

Antje nickte und ging zu Roland hinüber, wobei sie sich neben ihn stellte und eine Hand auf seine Schulter legte.

»Hast du die aktuellen Suchmeldungen zur Hehlerware überprüft?«

»Ja, da konnte ich keinen Treffer landen. Aber ich bin fündig geworden, was das Schwanenmotiv selbst angeht. – Schau mal.«

Er klickte auf eine Homepage, die ein anderes Schmuckstück in Schwanenform zeigte.

»Das ist eine Brosche«, stellte die Kommissarin fest. »Ich verstehe nicht viel von Kunst, aber dieser Vogel ähnelt jenem auf dem Medaillon sehr stark.«

»Beide Schmuckstücke gehören zum Familienschatz des Adelsgeschlechts von Schwanenhagen«, sagte Roland und deutete auf den Text, der weiter unten auf der Homepage stand.

»So, wie ich dich kenne, hast du bereits alles gelesen. Gib mir bitte die Kurzfassung.«

»Mit dem größten Vergnügen, Antje. – Die von Schwanenhagens waren baltendeutsche Grafen, die in den Wirren des

Zweiten Weltkriegs in alle Winde zerstreut wurden. Ihr ursprüngliches Stammschloss steht noch heute in Litauen, beherbergt aber inzwischen ein Institut für Tiermedizin.«

»Das ist schön für die litauische Fauna, aber über unseren toten Clown sagt diese Information nichts aus, oder?«

»Es sei denn, das Mordopfer ist ein Nachfahre dieser Grafenfamilie«, gab Roland zu bedenken. Er fügte hinzu: »Ebenso gut kann er das Medaillon bei irgendeinem Trödler erworben haben. Ich glaube nicht, dass es allzu viel wert ist.«

Antje sagte: »Jedenfalls muss es einen Grund dafür geben, dass wir außer diesem Schmuckstück nichts bei dem Leichnam gefunden haben. Warum trug er weder Geld noch einen Ausweis oder ein Smartphone bei sich? Ein Raubmord ist natürlich immer eine Möglichkeit. Doch welcher Täter fährt erst mit seinem zukünftigen Opfer zu einer unbewohnten Vogelinsel, um es dort umzubringen? Es wäre einfacher gewesen, den Clown auf offener See zu töten und die Leiche auf Nimmerwiedersehen im Meer verschwinden zu lassen.«

»Ja, und deshalb muss es einen Grund dafür geben, dass die Bluttat auf Memmert geschehen ist. Das Eiland muss eine Bedeutung für das Verbrechen haben – oder eben nicht die Insel, sondern ihr einziger Bewohner.«

Die Kommissarin stieß einen Seufzer aus und erwiderte: »Du glaubst also nicht nur, dass Harm für mich schwärmt, sondern dass er außerdem in den Mord verwickelt ist?«

»Ich will ihm nichts unterstellen. Seine Rolle in dem Drama ist mir bisher vollkommen unklar.«

»Und daran wird sich auch nichts ändern, solange wir keine weiteren Informationen haben«, stellte Antje fest. Sie fragte: »Was ist das eigentlich für eine Homepage, die du da aufgerufen hast?«

»Hier werden Schmuckstücke präsentiert, die mit vergessenen Adelsgeschlechtern zu tun haben. Ich gelangte mit den Suchbegriffen *Schwan* und *Medaillon* hierher. Die Brosche auf dem Foto ist übrigens eine Dauerleihgabe der Familie von Schwanenhagen an ein Berliner Museum.«

»Also gibt es diese Blaublüter noch? Dann sollten wir den Kontakt zu ihnen suchen«, schlug die Kommissarin vor. Sie kehrte an ihren Schreibtisch zurück und trank von ihrem Tee, der inzwischen nur noch lauwarm war.

»Und wir müssen die Frage klären, wie Mörder und Opfer nach Memmert gelangt sind«, ergänzte ihr Kollege. »Lass uns die Yachtbesitzer und den Hafenmeister löchern, vielleicht ist jemandem etwas aufgefallen – oder einer von den Bootseignern ist der Täter.«

»Für die meisten Skipper an den Stamm-Liegeplätzen würde ich die Hand ins Feuer legen, aber ein Gastsegler kann es natürlich gewesen sein«, meinte Antje. Sie fuhr fort: »Allerdings muss der Täter nicht zwangsläufig von Juist aus zur Vogelinsel gefahren sein. Er könnte auch von Borkum oder vom Festland aus die Seereise begonnen haben.«

»Die Clown-Kostümierung des Opfers könnte von Vorteil sein«, dachte Roland laut nach. »Der Kerl muss doch Aufsehen erregt haben, als er an Bord gegangen ist. Da hat es garantiert Zeugen gegeben.«

»Ich würde dir zustimmen, wenn er das Boot in seiner albernen Montur betreten hat, Roland. An seiner Stelle wäre ich lieber in normaler Kleidung in See gestochen und hätte mich erst in der Kabine umgezogen.«

»Mist, daran hatte ich nicht gedacht«, schimpfte der Kommissar. Bevor er noch mehr sagen konnte, betrat eine Fremde die Inselwache. Es überraschte Antje nicht, eine Unbekannte vor sich zu haben. Juist war ein beliebtes Urlaubsziel, daher befanden sich zu jeder Jahreszeit weitaus mehr Touristen als Einheimische auf dem Töwerland.

Die Frau war hochgewachsen, fast so groß wie Roland. Sie trug einen beigen Hosenanzug, Sneakers und einen lachsfarbenen Baumwollpullover. Ihr dunkelblondes Haar wies eine leichte Dauerwelle auf. Die Kommissarin schätzte sie auf Mitte vierzig. Antje erhob sich von ihrem Bürostuhl und wandte sich der Besucherin zu.

»Moin, womit können wir Ihnen behilflich sein?«

»Mir wurde ein Schmuckstück gestohlen, ich möchte eine Strafanzeige erstatten«, sagte die Dame. Die Inselpolizistin deutete auf ihren Besucherstuhl und holte ein Formular aus dem Regal hinter ihr.

»Nehmen Sie doch bitte Platz. – Können Sie mir den entwendeten Gegenstand genauer beschreiben?«

»Ich habe ein Foto bei mir.«

Mit diesen Worten öffnete die Melderin ihre Handtasche. Dieses Designerstück hatte nach Antjes Schätzung mindestens das Monatsgehalt einer Polizeikommissarin gekostet. Die Frau zog ein Polaroidfoto hervor und legte es auf den Schreibtisch.

Die Ermittlerin musste sich beherrschen, um nicht durch die Zähne zu pfeifen. Die Aufnahme zeigte ein Medaillon, das genauso aussah wie das Schmuckstück am Hals des Toten.

»Roland, das musst du dir anschauen!«

Nachdem Antje diesen Satz gesagt hatte, kam ihr Kollege herüber und betrachtete das Bild ebenfalls. Natürlich bekam die Dame mit, dass sie die Inselpolizisten in Aufregung versetzt hatte.

»Es scheint mir, als ob mein Medaillon Ihnen bekannt vorkommt!«

»Ja, das ist richtig. – Ich bin übrigens Kommissarin Fedder, das ist Kommissar Witte. Darf ich fragen, wer Sie sind?«

»Mein Name ist Luisa von Schwanenhagen.«

Kapitel 4

Ob der Clown das Medaillon gestohlen hatte? Bevor Antje sich dieser Frage widmete, wollte sie mehr über die Hintergründe erfahren. Sie wandte sich an die Adlige: »Bitte erzählen Sie uns zunächst, seit wann Sie Ihr Medaillon vermissen.«

Luisa von Schwanenhagen zuckte mit den Schultern.

Sie sagte: »Das ist schnell berichtet. Ich bewohne momentan zusammen mit meinem Bruder ein Ferienhaus in der Deichstraße. Als ich heute Morgen aufwachte, wollte ich mein Medaillon umlegen. Das mache ich immer, nachdem ich geduscht und mich angekleidet habe. Doch es war fort.«

»Und Sie sind sicher, dass es sich nicht anderswo befand?«, hakte Roland nach.

»Ich bin ein ordentlicher Mensch. Das Medaillon hätte auf dem Nachtschrank liegen müssen. Außerdem stand die Terrassentür offen. Jemand wird ins Haus eingedrungen sein und es an sich genommen haben.«

»Was sagt denn Ihr Bruder zu dem Vorfall?«, fragte Antje.

»Ich habe ihn noch nicht getroffen, er hat natürlich ein eigenes Schlafzimmer.«

»Ist er noch nicht aufgestanden?«

»Doch, Frau Fedder. Ich klopfte bei ihm, sein Bett war unberührt. Er wird die Nacht anderweitig verbracht haben.«

»Kommt das öfter vor?«

»Ich weiß nicht, was Sie mit Ihrer Frage andeuten wollen«, sagte die Adlige mit frostigem Unterton zu der Kommissarin. Sie fügte hinzu: »Richard ist ein erwachsener Mann, er ist mir keine Rechenschaft schuldig.«

»Wir erkundigen uns aus einem ganz bestimmten Grund«, erklärte die Kommissarin. »Heute früh wurde nämlich genau dieses Medaillon von uns sichergestellt.«

»Sie konnten meinen Schmuck bereits finden? Warum haben Sie das nicht gleich gesagt?«

»Das Medaillon befand sich am Hals eines toten Mannes, der ein Clownskostüm trug und am Strand von Memmert gefunden wurde.«

Luisa von Schwanenhagen hatte einen frischen, gesunden Teint, wie man ihn bei Menschen mit viel Zeit an der frischen Luft häufig sah. Juist war keine Insel für Stubenhocker. Wer es ermöglichen konnte, genoss das raue Nordseewetter, selbst bei Sturm und Regen. Doch in diesem Moment wich die Farbe aus den Wangen der Besucherin. Ihre im Schoß gefalteten Hände begannen leicht zu zittern, was nicht unbemerkt blieb. Die Adlige drückte ihre linke Hand mit der rechten nach unten. Offenbar war es ihr unangenehm, sich vor den Polizisten eine Blöße zu geben.

»Sind Sie sicher?«, fragte sie mit belegter Stimme. Während Luisa von Schwanenhagen zuvor forsch und selbstbewusst geklungen hatte, wirkte sie jetzt wie ein unsicheres kleines Mädchen. Zumindest war das Antjes Eindruck.

»Wir haben das Schmuckstück für eine kriminaltechnische Untersuchung nach Oldenburg geschickt«, erklärte die Kommissarin.

»Und – und was geschah mit dem toten Mann?«

»Die Person hatte keine Dokumente und auch kein Smartphone bei sich. Es war uns nicht möglich, seine Identität festzustellen. Vermutlich wurde das Opfer erstochen, also muss ohnehin eine Obduktion durchgeführt werden. Vielleicht stellt sich bei der Gelegenheit auch heraus, mit wem wir es zu tun haben.«

Die Brust der Besucherin hob und senkte sich in schnellem Rhythmus, ihre Augen wurden feucht. Sie holte ein Taschentuch aus ihrer Handtasche und tupfte damit ihre Tränen weg.

»Ich fürchte, dass dieser Tote mein Bruder ist. Richard liebt es, sich zu verkleiden. Und er besitzt so eine Possenreißer-Montur.«

Reden wir hier über einen Sechsjährigen? – Dieser Satz spukte Antje durch den Kopf. Doch sie behielt ihn für sich. Die Ermittlerin musste jetzt unbedingt mehr über diesen Richard von Schwanenhagen erfahren.

»Ist es schon öfter vorgekommen, dass Ihr Bruder sich Ihr Medaillon … ausgeliehen hat?«

»Nein, noch nie. – Sie müssen verstehen, mein Bruder ist … war … etwas schlicht. Bei seiner Geburt gab es Probleme mit der Sauerstoffzufuhr zum Gehirn. Stellen Sie sich einen erwachsenen Mann mit dem Gemüt eines Kindes vor – das ist Richard!«

Sie ließ nun ihren Tränen freien Lauf. Die Kommissare warteten, bis sie sich beruhigt hatte. Dann sagte Luisa von Schwanenhagen: »Ich muss mich für diesen Gefühlsausbruch entschuldigen. Das ist normalerweise nicht meine Art.«

»Noch steht keineswegs fest, ob es sich bei dem Mordopfer wirklich um Ihren Bruder handelt«, stellte Roland klar. »Allerdings wäre es hilfreich, wenn Sie einen Blick auf die Leiche werfen würden. Der Körper wird momentan im Fährterminal aufbewahrt und soll nachmittags aufs Festland geschafft werden. Vorausgesetzt, Sie fühlen sich dazu in der Lage.«

Die Adlige straffte sich.

»Selbstverständlich, ich möchte selbst Gewissheit haben.«

»Könnten wir uns vorher noch in Ihrem Ferienhaus umsehen?«, bat Antje. »Womöglich finden wir Hinweise auf den Verbleib Ihres Bruders und des Medaillons, die Sie bisher übersehen haben.«

»Richard besitzt ebenfalls so ein Schmuckstück, das aus derselben Werkstatt stammt«, erklärte Luisa von Schwanenhagen. »Wahrscheinlich hatte er sein eigenes Medaillon um den Hals. – Im Übrigen ist mir der Verbleib des Schmucks jetzt gleichgültig. Mich interessiert nur noch das Schicksal meines Bruders. Sie können mich selbstverständlich zu meinem Ferienhaus begleiten. Aber danach möchte ich bitte … diesen Clown sehen.«

»Ja, das lässt sich machen«, gab die Kommissarin zurück. Sie und ihr Kollege verließen mit der Adligen die Polizeistation. Luisa von Schwanenhagen hatte ihr Fahrrad draußen geparkt. Es handelte sich um ein handgefertigtes Exemplar einer Edelmarke – sozusagen das Zweirad-Pendant zu einem Lamborghini. Die Beamten schwangen sich auf ihre Diensträder und fuhren mit der Adligen zur Deichstraße. Antje kannte das Ferienhaus, das sich nun im Besitz des Geschwisterpaares befand. Es hatte bis vor fünf Jahren einem Unternehmer aus dem Ruhrgebiet gehört, der in Konkurs gegangen war und seine Immobilie verkaufen musste. Den neuen Eigentümer hatte die Inselpolizistin nicht zu Gesicht bekommen – bis zum heutigen Tag.

»Sie halten sich nicht oft in Ihrem Ferienhaus auf, nicht wahr?«, vergewisserte Antje sich.

»Nein, Frau Fedder. Ich bin Investmentbankerin bei der Bernward Privatbank und muss oft zwischen Frankfurt und London pendeln. Das Haus auf Juist hatte ich eigentlich nur als Geldanlage erworben. Doch ich wollte jetzt kürzertreten und mehr für Richard da sein. Also haben wir uns hier vor ein paar Wochen einquartiert.«

Die Frau wirkte jetzt wieder gefasster. Sie hatte in ihrem Beruf vermutlich gelernt, sich zusammenzureißen. Die Fahrt von der Carl-Stegmann-Straße bis zur Deichstraße dauerte mit dem Rad nur wenige Minuten. Das Ferienhaus war etwas größer als die Gebäude in der Nachbarschaft, fügte sich aber ansonsten mit seinen roten Backsteinen harmonisch in die vorherrschende Architektur ein. Dem

Garten war anzusehen, dass er von einem Profi gestaltet wurde. Die Kommissarin konnte sich nur schwer vorstellen, dass eine Dame wie Luisa von Schwanenhagen höchstpersönlich mit Kunststoffhandschuhen an den Händen in der Erde wühlte und Tulpenzwiebeln vergrub.

Eine Frage beschäftigte Antje schon, seit sie von der Existenz des Bruders wusste. Als sie das Haus betraten, sagte sie: »Ich will Ihnen ja nicht zu nahe treten – aber waren Sie gar nicht besorgt, als Ihr Bruder verschwunden war? Zumal er ja offenbar kein Telefon besitzt.«

»Sie kennen Richard nicht, Frau Fedder. Er ist ein argloser und freundlicher Mensch. Er stromert gern allein durch die Gegend, er liebt die Natur und die Tiere. Ich habe mir um ihn niemals Sorgen gemacht, was hätte ihm schon auf einer friedlichen Insel wie Juist passieren sollen? Er findet immer zu unserem Haus zurück – fand, sollte ich wohl besser sagen«, fügte sie bitter hinzu.

»Noch wissen wir nicht, ob es sich bei dem Toten um Ihren Bruder handelt«, erinnerte Roland.

Die Adlige und ihre Begleiter hatten inzwischen das Haus betreten. Es roch nach Sandelholz und frisch gebrühtem Kaffee. Das Erdgeschoss war hell und freundlich eingerichtet, vermutlich von einem Innenarchitekten.

Luisa von Schwanenhagen sagte: »Mein Schlafraum ist ebenerdig gelegen. Dort kam mir das Medaillon abhanden.«

Sie führte die Ermittler in ein Zimmer mit Himmelbett und weiß gestrichenen Möbeln. Der Kommissarin fiel sofort die Terrassentür auf, die nun geschlossen war. Antje zog sich Latexhandschuhe über und fragte: »Habe ich Sie richtig verstanden, dass die Tür während der Nacht offen war?«

»Ja, ich brauche immer viel kühle Luft, um gut schlafen zu können.«

»Wir werden später Fingerabdrücke sichern«, kündigte Roland an. »Falls es sich um einen Amateur-Einbrecher handelt, hat er womöglich keine Handschuhe getragen.«

Die Hausherrin nickte. Antje stellte fest, dass sich in dem Zimmer ein neues Notebook einer Nobelmarke befand. Hatte der Eindringling es übersehen? Oder kam es ihm nur auf das Schmuckstück an? Aber aus welchem Grund? Diese Fragen waren später zu klären, momentan mussten sie und ihr Kollege noch mehr Fakten sammeln.

»Sind Sie hier fertig? Dann zeige ich Ihnen Richards Zimmer.«

Mit diesen Worten stieg Luisa von Schwanenhagen die Treppe zum ersten Stockwerk hoch, die Polizisten folgten ihr. Der Raum, in dem ihr erwachsener Bruder wohnte, erinnerte die Kommissarin wirklich an den eines Kindes. An der Decke schwebte ein Doppeldecker-Flugzeug an Nylonfäden, die Bettwäsche war in den Vereinsfarben eines Fussballclubs gehalten, und auf dem Nachtschrank stand ein bunter Kunststoff-Roboter. Als Roland den Kleiderschrank öffnete, erblickte er dort seltsame Textilien. Es gab einen Vampir-Umhang, aber auch eine Froschmaske, ein Superman-T-Shirt und ähnliche Albernheiten. Der Kommissar schaute die Adlige an: »Ich glaube, dass ich Ihren Bruder in seiner Blutsauger-Verkleidung schon einmal gesehen habe.«

»Davon hast du mir gar nichts erzählt«, sagte Antje, bevor Luisa von Schwanenhagen reagieren konnte.

»Das war während der Karnevalszeit, deshalb habe ich mir nichts dabei gedacht«, erwiderte Roland. Die Inselpolizistin nickte. Juist war alles andere als eine Faschingshochburg, doch vereinzelte Fans der »fünften Jahreszeit« verirrten sich auch auf das Nordseeeiland. Normalerweise galt Juist aber eher als eine Bastion der Karnevalsflüchtlinge, die dem wilden Treiben an Rhein und Ruhr nichts abgewinnen konnten.

»Wie gesagt, Richard liebt das Verkleiden«, brachte die Schwester des Vermissten mit brüchiger Stimme hervor.

»Fällt Ihnen jemand ein, der Ihrem Bruder schaden möchte?«, fragte Antje direkt. Die Adlige schüttelte den Kopf.

»Nein, Richard ist kein Mensch, der Ärger macht. Wir haben hier auf der Insel auch nur Kontakt zu den unmittelbaren Nachbarn. Da hat es niemals Probleme gegeben.«

Die Kommissarin nahm sich vor, später mit den Leuten zu sprechen. Möglicherweise hatten sie jemanden bemerkt, der sich verdächtig benommen hatte. Während die Ermittler sich mit Luisa von Schwanenhagen unterhielten, schauten sie sich im Zimmer genauer um. Aber ihnen fiel nichts weiter auf. Antje wollte den Raum schon wieder verlassen, als sie unter dem Nachtschrank einen Gegenstand entdeckte. Sie kniete sich hin und zog eine SIM-Card hervor.

»Das verstehe ich nicht«, sagte die Hausherrin stirnrunzelnd. »Mein Bruder besitzt doch gar kein Handy. Was soll er mit einer solchen Karte anfangen?«

»Zu Ihrem Smartphone gehört sie nicht zufällig?«, lautete Rolands Gegenfrage. Die Adlige zog ihr Gerät hervor und aktivierte es.

»Nein, meine SIM-Card ist in meinem Telefon. Andernfalls würde es gar nicht funktionieren. – Diese Karte stammt gewiss noch vom Vorbesitzer des Hauses, ich werde sie wegwerfen.«

Sie wollte nach dem Speichermedium greifen, aber Antje gab es nicht her.

»Dies ist jetzt ein Beweisstück in einer polizeilichen Untersuchung«, erklärte sie. »Falls die Karte nichts mit dem Verschwinden Ihres Bruders zu tun hat, wird sich das schnell herausstellen. – Fühlen Sie sich jetzt dazu in der Lage, uns zum Fährterminal zu begleiten?«

»Ja, ich muss Gewissheit haben.«

Die Entdeckung der SIM-Card schien der Hausbesitzerin gar nicht recht zu sein. Antje war gespannt, was sich darauf finden würde. Doch nun fuhren die Kommissare zunächst mit der Adligen zum Fährterminal hinunter. Dort versammelten sich bereits die abfahrtbereiten Passagiere. Koffer und Reisetaschen mussten in fahrbare Container verladen werden, in das Bordrestaurant und aufs Deck durften die Reisenden nur Handgepäck mitnehmen.

In Begleitung der Polizisten durfte Luisa von Schwanenhagen den abgeschlossenen Raum betreten, in dem die Leiche aufbewahrt wurde. Roland warf ihr einen fragenden Blick zu. Sie hatte ihre rechte Hand um ein Taschentuch gekrampft.

»Nun machen Sie schon!«, stieß die Schwester des Verschwundenen hervor.

Der Kommissar öffnete die Plane am Kopfende. Luisa von Schwanenhagen schlug sich die flache Hand vor den Mund, dann wandte sie sich schnell ab.

»Das ist Richard, ich erkenne ihn trotz dieser verdammten Schminke!«

Antje legte eine Hand auf ihre Schulter und sagte: »Das wäre für den Moment alles. Wir melden uns bei Ihnen, falls es noch weitere Fragen gibt. Ich gebe Ihnen Bescheid, sobald die Gerichtsmedizin den Leichnam freigegeben hat. – Wir benötigen noch Ihre Mobilnummer, um Sie schnell erreichen zu können.«

Die Adlige nannte der Inselpolizistin eine Zahlenfolge.

»Können wir Sie denn jetzt allein lassen?«, fragte Roland.

Luisa von Schwanenhagen hob das Kinn und erwiderte: »Gewiss, ich werde mir schon nichts antun. Ich habe meinen Bruder geliebt, aber dies ist nicht der erste Schicksalsschlag in meinem Leben. Unsere Eltern starben bei einem Autounfall, als ich erst achtzehn Jahre alt war. – Ich erwarte von Ihnen, dass Sie den Mörder meines Bruders so schnell wie möglich finden.«

Sie rauschte davon, ohne die Kommissare noch eines weiteren Blicks zu würdigen. An Land hätte eine Frau wie sie vermutlich einen teuren Wagen gefahren. Auf der autofreien Insel Juist musste es eben ein Luxus-Fahrrad sein. Nachdem die Polizisten den Lagerraum verlassen hatten, machten sie sich wieder auf den Weg zur Wache.

»Was hältst du von der Dame, Antje?«, wollte Roland wissen.

»Ich bin zwiegespalten«, antwortete sie. »Einerseits scheint ihr der Tod ihres Bruders wirklich an die Nieren zu gehen. Ich glaube nicht, dass sie uns diese Gefühle vorgespielt hat. Andererseits hätte sie zu gern die SIM-Card an sich genommen. Ich bin gespannt, was wir darauf finden.«

Der Kommissar ergänzte: »Ja, da bin ich deiner Meinung. Außerdem finde ich ihr Verhalten ihrem Bruder gegenüber nicht besonders konsequent. Sie behauptet, er wäre wie ein Kind gewesen. Trotzdem lässt sie ihn allein über die Insel geistern. Und als er morgens nicht daheim ist, nimmt sie daran scheinbar keinen Anstoß. Stattdessen eilt sie zur Wache, um den Verlust ihres Medaillons zu melden.«

»Irgendetwas passt da nicht zusammen«, meinte Antje. »Vor allem kann ich mir nicht vorstellen, dass Richard in seinem Clownskostüm quer über die Insel läuft, ohne dass er jemandem auffällt.«

»Man ruft ja nicht gleich die Polizei, weil jemand so eine Montur trägt«, gab Roland zu bedenken. Er fügte hinzu: »Die Leute haben wahrscheinlich gedacht, dass er auf dem Weg zu einem Kindergeburtstag war. Immerhin wird diese Aufmachung es uns erleichtern, Zeugen zu finden.«

Die Kommissarin antwortete nicht sofort. Offenbar wirkte sie sehr nachdenklich, denn nun sagte ihr Kollege: »Diesen Gesichtsausdruck kenne ich bei dir. Was geht dir durch den Kopf?«

»Ich frage mich, ob die adlige Dame uns die ganze Wahrheit gesagt hat. – Ich bin gewiss keine Frostbeule, aber ich käme nicht auf die Idee, im April auf Juist bei offener Terrassentür zu schlafen. Es gibt genügend Insulaner, die ihr Haus nachts nicht abschließen, weil unsere Verbrechensrate so niedrig ist. Aber wenn Luisa von Schwanenhagen ihrem Medaillon eine so große Bedeutung zumisst, sollte sie es zumindest sorgfältiger aufbewahren.«

Sie wollte noch mehr sagen, aber nun erreichten die beiden ihre Dienststelle. Vor der geschlossenen Polizeistation stand ein athletischer Mann Mitte dreißig. Er trug Jeans und eine grüne Windjacke. Sein Gesicht war von Zorn gerötet. Und man konnte auch seinem Tonfall entnehmen, dass er nicht freundlich gesonnen war. »Da sind Sie ja endlich! Ich wollte gerade schon in Norddeich anrufen, weil die Juister Polizei offenbar nicht zu erreichen ist.«

»Moin erstmal«, gab Antje zurück. »Ich bin Kommissarin Fedder, das ist Kommissar Witte. Und Sie sind …?«

»Mein Name ist Markus Grote. Und ich will Strafanzeige wegen versuchter Entführung stellen!«

»Kommen Sie herein, wir nehmen den Sachverhalt sofort auf.«

Mit diesen Worten öffnete die Inselpolizistin das Wachlokal. Sie bot dem Melder ihren Besucherstuhl an.

»Am besten erzählen Sie uns, was sich ereignet hat, Herr Grote.«

»Das ist schnell berichtet«, erwiderte er. »Meine Frau, meine Tochter und ich machen Urlaub auf Juist. Wir sind seit zwei Wochen hier und haben ein Ferienhaus in der Gartenstraße gemietet. Gestern am frühen Abend hat Sophie im Garten gespielt. Sie ist fünf Jahre alt. Da kam so ein Kerl und wollte sie mitnehmen. Ich habe es rechtzeitig bemerkt und ihn verscheucht.«

Die Kommissarin machte sich bereits Notizen.

»Können Sie den Verdächtigen genauer beschreiben?«

»Ja, das ist einfach. Er trug so ein albernes Clownskostüm!«

Kapitel 5

Für einen Moment herrschte Stille in dem Wachlokal. Antje und Roland blickten einander in die Augen.

Wahrscheinlich denkt mein Freund jetzt dasselbe wie ich, vermutete die Inselpolizistin. Grote bekam natürlich mit, dass seine Worte diese Reaktion ausgelöst hatten.

»Sie wissen anscheinend, von wem ich rede! Konnten Sie den Mistkerl schon einbuchten?«

Antje beantwortete die Frage nicht sofort. Stattdessen zog sie ihr Smartphone und zeigte dem Melder eines der Fotos, die sie vom Gesicht der Leiche gemacht hatte.

»Ist das die Person, von der wir sprechen?«

Grote zuckte zusammen.

»Ja, richtig! Aber – was ist mit dem Kerl? Pennt er oder …«

»Er ist tot, wurde vermutlich ermordet«, stellte Roland klar. Grote war jetzt nicht mehr zornig. Er wirkte eher neutral und hob die Schultern.

»Erwarten Sie nicht, dass ich sein Ende betrauere. Bei solchen Kerlen hält sich mein Mitgefühl in Grenzen. Wer Kinder kidnappen will, kann keine Gnade erwarten. Mit seinem Tod habe ich trotzdem nichts zu tun.«

»Das hat auch niemand behauptet«, sagte Antje und fuhr fort: »Trotzdem würde mich interessieren, warum Sie das Ereignis erst heute zur Anzeige bringen wollen. Wir hätten gestern direkt eingreifen und die Person aus dem Verkehr ziehen können. Der Vorteil einer kleinen Insel wie Juist besteht ja darin, dass Verdächtige sich einer polizeilichen Fahndung nur schwer entziehen können.«

»Das liegt an meiner Frau«, behauptete Grote. »Miriam wollte nicht, dass ich zur Polizei gehe. Wir haben uns deshalb sogar gestritten. Sie meinte, es wäre doch gar nichts Schlimmes passiert und dass wir uns nicht die Ferien verderben lassen sollten. Aber man kann doch solche Typen nicht frei herumlaufen lassen, oder?«

»Was genau hat der Clown denn getan?«, fragte Roland direkt.

Der Vater des Mädchens antwortete: »Er stand auf der Straße und rief Sophia etwas zu. Sie spielte gerade mit ihrem Ball. Seine Worte konnte ich nicht verstehen. Ich sehe rot, wenn jemand mein Kind anquatscht. Ich stürmte aus dem Haus und rannte auf ihn zu. Er drehte sich sofort um und lief davon – erstaunlich schnell, trotz seiner doofen großen Clownschuhe. Ich selbst kann leider nicht mehr schnell rennen, seit ich mir als Jugendlicher beim Badminton das Knie ruiniert habe.«

»Vielleicht war ja alles ganz harmlos«, gab die Kommissarin zu bedenken. »Laut seiner Schwester war das Mordopfer nicht gewalttätig.«

»Was für eine Aussage erwarten Sie denn von einer nahen Verwandten?«, höhnte Grote. »Lernen Sie nicht auf der Polizeischule, dass Menschen auch lügen können?«

Antje ging auf den Spott nicht ein, sondern hakte nach: »Was haben Sie am gestrigen Abend und während der Nacht getan, nachdem Sie die Verfolgung abbrechen mussten?«

»Werde ich jetzt etwa verdächtigt? Das wird ja immer schöner! – Zunächst haben Miriam und ich mit unserem Kind gespielt, damit es dieses traumatische Erlebnis besser verarbeitet. Später brachten wir Sophia ins Bett, haben etwas ferngesehen und sind dann ebenfalls schlafen gegangen. Meine Frau kann bezeugen, dass ich bis vor wenigen Minuten die ganze Zeit bei ihr war. Sind Sie nun zufrieden?«

Erneut ließ die Kommissarin die Frage im Raum stehen. Stattdessen wollte sie wissen: »Sagt Ihnen der Name Luisa von Schwanenhagen etwas? Oder Richard von Schwanenhagen? Haben Sie so ein Schmuckstück schon einmal gesehen?«

Sie präsentierte ein Foto von dem Medaillon, das sie vor dem Abtransport der Leiche gemacht hatte.

»Nein, die Namen habe ich noch nie gehört. Und diesen Klunker sehe ich jetzt zum ersten Mal. Was soll die Fragerei?«

»Das ist reine Routine, Herr Grote. Übrigens: Richard von Schwanenhagen hieß das Mordopfer im Clownkostüm. – Für Rückfragen benötige ich noch Ihre Mobilnummer. – Außerdem wird mein Kollege Ihre Fingerabdrücke nehmen.«

Der Mann ging hoch wie eine Silvesterrakete.

»Wieso denn?! Das ist reine Polizeiwillkür!«

»Wir nennen es eher Routine«, gab die Kommissarin unbeeindruckt zurück. »Sie haben das Opfer gekannt, wenn auch nur flüchtig. Für einen Abgleich müssen wir Sie als Verdächtigen ausschließen können. Wenn Sie uns Ihre Fingerabdrücke nicht geben wollen, holen wir uns einen Gerichtsbeschluss.«

Grote merkte, dass er mit seiner pampigen Art nicht weiterkam. Murrend ließ er sich darauf ein, Roland seine Prints zu geben. Nachdem er auch seine Telefonnummer angegeben hatte, durfte er sich entfernen.

»Ob Clown Richard die Tochter des Wüterichs wirklich entführen wollte?«, rätselte der Kommissar. »Nach einer bedrohlichen Situation hörte sich das nun wirklich nicht an.«

»Nein, aber wir haben nun einen ersten Verdächtigen, Roland. Oder hast du nicht auf die Schuhe des Melders geschaut?«

»Glaubst du, er hat Größe dreiundvierzig?« Antjes Kollege klang verblüfft.

Sie erwiderte: »Ja, wenn mein Augenmaß mich nicht täuscht. So sauer, wie er war, könnte man ihm einen Mord glatt zutrauen, oder?«

»Eigentlich schon, aber wieso rückt er uns heute auf die Bude und erstattet Strafanzeige wegen versuchter Entführung? Dadurch sind wir doch erst auf ihn aufmerksam geworden.«

Die Kommissarin sagte: »Oder er gehört zu den Tätern, die sich besonders schlau vorkommen, indem sie Kontakt zur Polizei suchen. Vielleicht war die Anzeige nur ein Vorwand? Grote wollte herausfinden, wie unser Ermittlungsstand lautet.«

»Immerhin weiß er jetzt, dass wir die Leiche gefunden haben«, stellte Roland trocken fest. Er fuhr fort: »Ich mag den Kerl nicht, und er hat ein überzeugendes Motiv. Trotzdem, Antje – wie soll die Tat denn konkret über die Bühne gegangen sein? Clown Richard und Grote schippern wie beste Freunde nach Memmert hinüber, wo sie an Land gehen und der Vater plötzlich den vermeintlichen Kidnapper seiner Tochter niedersticht?«

Die Ermittlerin schüttelte den Kopf.

»Nein, so stelle ich mir das nicht vor. Wir sind bisher davon ausgegangen, dass Opfer und Täter gleichzeitig auf der Vogelinsel eingetroffen sind. Aber wieso eigentlich? – Was hältst du von dieser Variante: Grote musste die Verfolgung wegen seines defekten Knies abbrechen. Aber es wurmt ihn, den Clown nicht erwischt zu haben. Er streift über die Insel, um ihn zu suchen. Nach Einbruch der Dunkelheit findet er ihn wieder. Richards helle Montur ist auch bei schlechter Beleuchtung kaum zu übersehen. Der verfolgte Clown springt in ein Ruderboot und türmt. Er kennt sich nicht aus und erreicht Memmert, wo sein Boot auf Grund läuft. Grote ist ihm dicht auf den Fersen, vielleicht mit einem Außenborder. Richard rennt an Land, kommt aber nicht weit. Grote tötet ihn feige von hinten. Er wirft das Messer in die Nordsee, führt Richards Boot an einer Leine mit sich oder lässt es einfach von der Strömung forttreiben. Er selbst kehrt nach Juist zurück und vertäut sein Boot, als ob nichts gewesen wäre.«

»Ja, so könnte es gewesen sein«, stimmte Roland zu. »Es würde mir besser gefallen, wenn ein Boot fehlt. Das wäre dann nämlich ein Indiz für deine Theorie, Antje. – Aber ist es nicht allgemein schwierig, ein Wasserfahrzeug aus dem Yachthafen zu klauen, ohne dass es auffällt?«

»Ja, aber beispielsweise kannst du ein Schlauchboot überall am Strand ins Meer bringen. Außerdem muss man nachts auf einem einsamen Küstenabschnitt keine Zeugen fürchten.« Sie fügte selbstkritisch hinzu: »Ich habe leider noch keine Erklärung für die Tatsache, dass Luisa von Schwanenhagens Medaillon verschwunden ist.«

»Dazu fällt mir momentan auch nichts ein. – Lass uns doch mal die SIM-Card überprüfen. Vielleicht bringt der Datenträger uns weiter«, schlug Roland vor. Damit war die Kommissarin einverstanden. Sie nahm ihre eigene SIM-Card aus ihrem Smartphone und legte stattdessen die sichergestellte Speichereinheit aus dem Ferienhaus ein.

Die nächste halbe Stunde verbrachten die beiden mit dem erfolglosen Versuch, das Passwort zu knacken.

»Schuster, bleib bei deinen Leisten«, sagte Antje schließlich. »Wir sind beide keine begnadeten Hacker, Roland. Wir sollten diesen Datenträger zur IT-Abteilung des Landeskriminalamts schicken und hoffen, dass die Kollegen bald für einen kleinen Auftrag von einer weit entfernten Insel Zeit haben.«

»Ja, wir stoßen hier an unsere Grenzen. – Die vergebliche Mühe hat mich richtig hungrig gemacht.«

»Das geht mir genauso«, gestand die Kommissarin. Nachdem sie das entsprechende Ersuchen ans LKA für die

Dienstpost fertiggemacht hatten, fuhren sie zu *Frankies Grill.* Die Inselpolizisten verbrachten ihre Mittagspause meist in dem gemütlichen Imbiss. Roland bestellte sich einen Hamburger mit Pommes frites, Antje wollte Seelachsfilet mit Kartoffelsalat. Dazu tranken sie Cola. Während die beiden an einem ruhigen Tisch in der hinteren Ecke auf ihr Essen warteten, sagte die Kommissarin: »Wir sollten Luisa von Schwanenhagen genauer durchleuchten. Ich will nicht unterstellen, dass sie etwas mit dem Tod ihres Bruders zu tun hat. Womöglich ist der arme Richard einfach nur zwischen die Fronten geraten oder musste sterben, weil seine Schwester mit jemandem Ärger hat.«

»Du meinst, Luisa als Investmentbankerin könnte in dunkle Machenschaften verwickelt sein?«

»Sie wäre nicht das erste Mitglied ihres Berufsstands, das Gesetze bricht, Roland. Man sollte Verallgemeinerungen vermeiden, aber es macht mich misstrauisch, wenn diese Dame den Finanzmetropolen den Rücken kehrt und sich auf unsere idyllische Insel verzieht. Wollte sie sich wirklich intensiver um ihren Bruder kümmern? Das wäre natürlich sehr nobel von ihr. Oder es war ein willkommener Vorwand, um sich wegzuducken.«

Der Kommissar stellte fest: »Die Adlige hat jedenfalls Panik geschoben, als du die SIM-Card gefunden hast. Das ist übrigens noch so eine Sache, die ich nicht verstehe: Falls der Inhalt des Datenträgers wirklich so brisant ist – weshalb liegt das Ding dann unter dem Nachtschränkchen in Richards Zimmer?«

»Das ist eine weitere berechtigte Frage. – Aber jetzt wünsche ich dir erst einmal guten Appetit.«

Die beiden widmeten sich nun ihrem Essen. Draußen spazierten die Urlauber vorbei. Die Strandstraße gehörte zu den Hauptdurchgangsachsen zwischen dem Hafen und dem Hauptstrand auf der anderen Seite der langgestreckten schmalen Insel. Antje rätselte immer noch über die Frage, weshalb der Mord auf Memmert stattgefunden hatte. War es dem Täter wichtig gewesen, dass die Leiche gefunden wurde, und zwar ausgerechnet auf einem unbewohnten Eiland?

»Clown Richard war auf keinen Fall ein Zufallsopfer«, vermutete Roland, als sie wenig später zur Polizeiwache zurückkehrten. »Wir müssen mehr über dieses Geschwisterpaar erfahren. Und ich würde nicht davon ausgehen, dass Luisa uns die ganze Wahrheit sagt. Wir sollten ihren beruflichen Hintergrund recherchieren und die Nachbarschaft befragen.«

Antje klopfte ihm auf die Schulter. Sie sagte: »Einverstanden, mein Lieber. Du kannst dich ja an den Computer setzen und in die Abgründe der Finanzwelt eindringen. Ich höre mich in der Nachbarschaft um.«

»Immer bleibt die Schreibarbeit an mir hängen«, maulte er. »Sitzen ist das neue Rauchen, hast du diesen Spruch noch nie gehört?«

»Du Ärmster«, gab seine Kollegin lachend zurück. »Dafür spendiere ich dir auch ein Bier, wenn wir heute Abend zu Papa gehen.«

»Zu diesem Angebot kann man wohl unmöglich Nein sagen«, erwiderte Roland und zwinkerte ihr freundlich zu.

Kapitel 6

Antje machte sich auf den Weg zur Deichstraße. Dort wohnten zahlreiche alteingesessene Juister. Obwohl die Insel größtenteils vom Tourismus lebte, war sie nicht so überlaufen wie einige andere Eilande im Wattenmeer. Sie hatte es immer noch geschafft, ihren ursprünglichen Charme zu bewahren. Nicht nur die Besucher, sondern auch die Einheimischen schätzten die Ruhe und das intensive Naturerlebnis. Auch die Kommissarin konnte sich keinen anderen Ort vorstellen, an dem sie gern leben würde.

Während ihr diese Gedanken durch den Kopf spukten, erreichte sie ihr Fahrtziel. Unmittelbar neben dem Ferienhaus des adligen Geschwisterpaars befand sich ein weiteres Urlaubsdomizil, das gemietet werden konnte und momentan offenbar leer stand. Das Schild mit der Aufschrift FERIENHAUS FREI sowie einer Juister Telefonnummer war jedenfalls nicht zu übersehen.

Doch auf dem nächsten Grundstück arbeitete eine Frau gerade im Garten. Sie hob den Kopf, als die Inselpolizistin ihr Rad abstellte und näher trat.

»Moin, Antje. Was gibt es Neues?«

»Moin, Nele. Hast du einen Augenblick Zeit für mich?«

Nele Beer erhob sich ächzend aus ihrer knienden Position. Sie streifte ihre Gummihandschuhe ab und schüttelte die Hand der Kommissarin. Die beiden kannten einander schon seit Antjes Geburt. Die Inselpolizistin war immer auf Juist gewesen, abgesehen von der Ausbildungszeit und einer kurzen Stippvisite in einer Großstadt-Polizeiwache. Und Nele gehörte ebenfalls zu den Einheimischen. Sie war ungefähr so alt wie Antjes Vater.

»Eine Pause beim Gärtnern ist mir nur recht«, sagte sie lächelnd. »Komm mit rein, ich mach uns einen Tee.«

Die Kommissarin nahm ihre Mütze ab und folgte der älteren Frau in das kleine Friesenhaus. Die Bodenbretter in der Küche waren blitzblank gescheuert, es roch nach Eintopf und selbst gebackenem Kuchen. Antje nahm am Tisch Platz, der mit einer Wachstuchdecke versehen war. Wenn sie sich richtig erinnerte, hatte sich in dieser Küche seit ihrem ersten Besuch nicht viel verändert. Damals war sie noch ein kleines Mädchen von fünf oder sechs Jahren gewesen. Antje wusste noch genau, wie ihre Mutter sie zu Nele Beer mitgenommen hatte. Ihre Mama und diese Frau waren Freundinnen gewesen. Doch Jahre später hatte sich Antjes Mutter in einen norwegischen Matrosen verliebt und ihre Familie auf Juist zurückgelassen. Die Inselpolizistin verdrängte die unangenehme Erinnerung und sagte: »Nele, ich möchte heute mit dir über die Familie von Schwanenhagen sprechen.«

Die Freundin ihrer Mutter stand an der Spüle und füllte den Pfeifkessel mit Wasser. Sie drehte sich um und erwiderte: »Ich bin keine Tratschtante, Antje. So weit solltest du mich kennen.«

»Das weiß ich doch. Aber mein Kollege und ich sind mit einer polizeilichen Untersuchung beschäftigt, in der diese Adligen eine Rolle spielen.«

Nele platzierte den Kessel auf dem Herd. »Ehrlich gesagt weiß ich nicht, wie ich dir helfen soll«, meinte sie.

Antje erwiderte: »Erzähl mir etwas über Richard von Schwanenhagen. Als was für einen Menschen muss ich ihn mir vorstellen?«

Nele öffnete die Keksdose und schüttete etwas von dem Inhalt auf ein Tellerchen. »Das ist schwer zu sagen, Antje. Als er mir das erste Mal über den Weg lief, hielt ich ihn noch für verrückt. Inzwischen weiß ich, dass er völlig normal ist.« Sie machte eine kurze Pause und fügte hinzu: »Jedenfalls für einen Siebenjährigen. Seine Schwester hat mir von den

Komplikationen bei seiner Geburt erzählt. Sie scheint ihn wirklich zu lieben, auch wenn seine Alleingänge für sie nur schwer zu ertragen sind. Doch inzwischen ist es besser geworden.«

»Wie meinst du das?«

»Als diese Geschwister in das Ferienhaus einzogen, war Luisa noch sehr besorgt, wenn ihr Bruder mal seine Solotouren machte. Dann rannte sie wie ein aufgescheuchtes Huhn durch die Nachbarschaft und hielt überall nach ihm Ausschau. Das ging eine Zeit lang so. Dann begriff sie allmählich, dass Richard immer seinen Weg nach Hause findet. So groß ist unsere Insel ja auch nicht. Ich glaube, er braucht einfach seine Freiheit. Und er ist stets freundlich, ich habe ihn noch nie aggressiv erlebt. Da sieht man über seine kleinen Eigenheiten hinweg.«

»Denkst du da an etwas Bestimmtes, Nele?«

Die ältere Frau wollte nicht so recht mit der Sprache heraus. Sie schien ihre Worte bereits zu bereuen. Aber Antje ließ nicht locker: »Bitte, Nele. Das ist wichtig. Ich würde dich nicht nerven, wenn es nicht sein müsste.«

Nele senkte ihre Stimme. So, als ob jemand mithören könnte. Dabei war der Inselpolizistin bekannt, dass die Frau allein wohnte und seit Jahren verwitwet war. »Richard lässt manchmal etwas mitgehen. Er hat mal meine Hacke geklaut, die fand ich drei Tage später vorn am Deich wieder. Oder bei Frau Rings drüben an der Wilhelmstraße hat er ihre Clogs geklaut, die sie zum Gärtnern anzieht.«

»Und warum wurden diese Vorfälle nie zur Anzeige gebracht? Daran könnte ich mich gewiss erinnern.«

Der Teekessel pfiff. Die Gastgeberin goss zunächst das heiße Wasser in die Kanne, bevor sie antwortete: »Richard meint es ja nicht böse. Hier in der Deichstraße käme wohl niemand auf die Idee, wegen solcher Lappalien zur Polizei zu gehen. Außerdem hat er die Sachen ja nicht wirklich gestohlen, sondern nur woanders hingelegt. Auch Frau Rings hat ihre Schuhe einen Tag später wiedergefunden, und zwar auf der Regentonne.«

»Und es steht fest, dass Richard hinter diesem Unsinn steckte?«

»Ja, ich habe ihn damals noch in seinem Vampirkostüm weglaufen sehen.«

Antje dachte nach. Ob Richard auch seiner Schwester die SIM-Card einfach gemopst hatte? Das wäre zumindest eine Erklärung dafür, wie der Datenträger in seinen Besitz gelangt war.

Die Gastgeberin goss für Antje und für sich selbst Tee in die Tassen. Sie sagte: »In meinen Augen waren das harmlose Streiche eines großen Kindes. Damit muss man doch nicht die Behörden behelligen.«

Die Kommissarin kannte die Mentalität ihrer Inselfriesen. Die Menschen waren es über Jahrhunderte hinweg gewohnt, sich selbst zu helfen und sich nicht auf die Obrigkeit zu verlassen. Wahrscheinlich hätte Antje angesichts von Richards Lausbubereien auch keine Strafanzeige geschrieben.

»Wann hast du denn den Bruder deiner Nachbarin zuletzt gesehen?«, wollte sie wissen.

»Das muss gestern am frühen Abend gewesen sein. Er trug ein Clownskostüm, er läuft öfter so herum. – Warum stellst du mir so viele Fragen über Richard?«

»Er lebt nicht mehr, wir gehen von einem Gewaltverbrechen aus«, antwortete Antje. Nele erschrak sichtlich.

»Das ist ja schrecklich, die arme Luisa! Ich bin mit dieser Frau nie so richtig warm geworden, sie blieb immer ein wenig reserviert. Vielleicht liegt das ja daran, dass sie eine Blaublüterin ist, was weiß ich. Aber ihr Bruder stand ihr nahe, das konnte man deutlich spüren. Irgendwie war Richard für sie wie ihr Kind, auch wenn er ein ausgewachsener Mann war. – Wisst ihr denn schon, wer ihn auf dem Gewissen hat?«

»Wir haben gerade erst die Ermittlungen aufgenommen«, erwiderte Antje wahrheitsgemäß. Sie fragte: »Hat Luisa von Schwanenhagen andere Besucher? Freunde oder Bekannte, die dir aufgefallen wären?«

Nele trank von ihrem Tee, während sie nachzudenken schien. Dann schüttelte sie den Kopf.

»Es tut mir leid, mir fällt niemand ein. Aber ich linse nicht dauernd zu meinen Nachbarn hinüber. Es kann sein, dass jemand sie besucht hat. Es ist mir jedenfalls nicht aufgefallen.«

»Ich verstehe. – War Richard gestern allein oder in Begleitung unterwegs? Weißt du noch, wohin er gegangen ist?«

»Es war niemand bei ihm. Ich glaube, er hat sich Richtung Gartenstraße gewandt.«

Und dort hat der Clown Grotes Tochter angesprochen, dachte die Polizistin. Sie hakte nach: »Hast du Richard später ein weiteres Mal gesehen?«

»Nein.«

Die Ermittlerin stand auf und trank ihre Tasse schnell im Stehen aus.

»Danke für den Tee. Normalerweise bin ich nicht so ungesellig, aber ich muss mich dringend weiter umhören. Rufst du mich bitte an, falls dir noch etwas einfällt oder du etwas Verdächtiges bemerkst?«

»Meinst du, dass der Mörder weiter in der Nähe herumschleicht?«

Die ältere Frau stellte ihre Gegenfrage mit ängstlich klingender Stimme. Antje hätte ihr sagen können, dass die Bluttat auf Memmert stattgefunden hatte. Aber sie tat es nicht. Obwohl Nele keine Tratschtante war, sollten so wenige Details wie möglich über die Tat an die Öffentlichkeit dringen. Nachdem die Kommissarin sich verabschiedet hatte, versuchte sie bei den übrigen Bewohnern des Straßenabschnitts ihr Glück. Einige waren nicht daheim, doch die übrigen bestätigten im Großen und Ganzen die Angaben der älteren Frau.

Sie nahm ihr Rad und schob es zur Gartenstraße hinüber. Es dauerte nicht lange, bis sie das Ferienhaus der Grotes gefunden hatte. Ein kleines Mädchen spielte hinter dem Haus in einer Sandkiste. Aber wo waren die Eltern? Antje ging auf das Kind zu. Aussagen von Minderjährigen hatten nur Beweiskraft, wenn ein Erziehungsberechtigter anwesend war. Doch die Kommissarin wollte die Kleine ja nicht verhören, sondern nur mit ihr plaudern.

»Hallo, bist du eine Polizistin?«, rief das Mädchen.

»Du hast es erraten«, erwiderte sie schmunzelnd. »Ich heiße Antje. Und du musst Sophie sein.«

»Ja. Woher kennst du meinen Namen?«

»Ich habe mit deinem Papa geredet. Und er hat mir erzählt, dass gestern ein Clown bei euch war.«

Sophia nickte. »Ja, der war lustig.«

»Was hat der Clown denn gemacht?«

»Nichts.«

»Nichts – was heißt das?«

»Der Clown war am Zaun und hat gefragt, ob er mitspielen darf. Ich konnte gar nichts sagen, weil Papa gleich böse geworden ist. Da lief der Clown weg, und Papa lief hinter ihm her.«

»Hat der Clown gesagt, dass du mit ihm kommen sollst?«

Sophias Antwort bestand aus einem Kopfschütteln. Die Angaben des Kindes deckten sich mit dem allgemeinen Eindruck, den die Kommissarin von Richard gewonnen hatte. Zumindest gab es bisher keinen Hinweis darauf, dass er Kinder oder andere Personen jemals bedroht hätte. Aber warum hatte er sterben müssen?

Bevor Antje noch weiter über diese Frage nachdenken konnte, kam eine Frau aus dem Ferienhaus geeilt.

»Mama, die Polizei ist da!«, krähte das Kind begeistert. Die Frau war mittelblond, trug einen hellblauen Jogginganzug und war schätzungsweise Ende dreißig. Verlegen lächelnd stellte sie sich als Miriam Grote vor. Antje nannte ebenfalls ihren Namen und ihren Dienstgrad.

»Es ist mir unangenehm, dass mein Mann Sie alarmiert hat«, murmelte Sophias Mama. »Ich hielt es ehrlich gesagt nicht für notwendig. Er will unsere Kleine eben immer beschützen.«

»Haben Sie beobachtet, was sich gestern beim Besuch des Clowns abgespielt hat?«

»Ich war im Haus und habe die Gestalt nur von Weitem gesehen. Der Mann hat wohl meine Tochter angesprochen, gleich darauf hat Markus ihn verscheucht.«

Miriam Grote unterdrückte ein Gähnen. Sie wirkte allgemein etwas erschöpft, wie Antje fand.

»Fühlen Sie sich nicht wohl?«, fragte die Polizistin.

Sophias Mutter antwortete: »Ich schlafe nicht gut. Es klingt verrückt, aber die Ruhe und die Beschaulichkeit Ihrer schönen Insel sind für mich völlig ungewohnt.«

Antje ging auf die Bemerkung nicht näher ein.

»Wo ist eigentlich Ihr Mann?«, wollte sie wissen.

»Markus wollte eine Runde mit seinem Boot drehen. Er ist ein begeisterter Wassersportler und hat sein eigenes Schlauchboot mit nach Juist gebracht.«

Miriam Grotes Augen leuchteten, als sie von ihrem Markus sprach. Schon bei dessen Besuch auf der Polizeiwache war Antje nicht entgangen, dass Sophias Vater sehr sportlich war.

»Und Sie begleiten Ihren Mann bei seinen Ausflügen nicht?«, fragte Antje. Miriam Grote schüttelte den Kopf.

»Nein, für mich ist das nichts«, meinte sie. »Ich werde leicht seekrank, und ich muss mich ja auch um unsere Tochter kümmern.«

Die Kommissarin fragte nun betont beiläufig nach Markus Grotes Alibi, das von seiner Frau bestätigt wurde. In Antjes Augen war es allerdings nicht viel wert. Womöglich hatte Miriam ein Schlafmittel genommen und deshalb nicht gemerkt, wenn ihr Mann nachts allein unterwegs gewesen war.

»Sagt Ihnen der Name Richard von Schwanenhagen etwas?«, wollte Antje von Sophias Mutter wissen. Die Frau wirkte arglos.

»Nein, damit kann ich nichts anfangen. Wer ist das?«

»So hieß der Mann im Clownskostüm. Er wurde ermordet.«

Die Polizistin ließ Miriam Grote nicht aus den Augen, während sie diese Sätze aussprach. Die Ehefrau des Verdächtigen erschrak ein wenig, aber ihre Überraschung schien sich in Grenzen zu halten. Oder war dieser Eindruck falsch? Antje war ziemlich sicher, dass Miriam Grote noch unter dem Einfluss von Medikamenten stand. Das wäre zumindest eine Erklärung für ihre gedämpfte Reaktion. Oder hatte die Frau schon durch ihren Ehemann vom Tod des Clowns erfahren? Diese Möglichkeit kam der Kommissarin wahrscheinlich vor, da Grote durch die Polizisten über das Ereignis informiert worden war.

»Das ist ja schrecklich! Also läuft ein Mörder auf Juist frei herum?«

»Darüber darf ich Ihnen keine Auskunft geben. – Frau Grote, ich frage Sie jetzt direkt: Nehmen Sie Schlafmittel?«

»Ja, das tun doch viele Menschen«, gab die Frau mit einem trotzigen Unterton zurück. »Was soll das mit dem Tod dieses Clowns zu tun haben? Verdächtigen Sie etwa mich? Oder Markus?«

»Wir ermitteln in alle Richtungen«, erwiderte Antje vage. »Rufen Sie mich doch bitte an, falls Ihnen noch etwas einfällt.«

Mit diesen Worten gab sie Sophias Mutter eine ihrer Visitenkarten und verabschiedete sich von der Frau und dem Mädchen. Gedankenverloren begab die Kommissarin sich zur Dienststelle zurück. Wenn Miriam Grote wirklich ein starkes Sedativum eingenommen hatte, war das Alibi ihres Ehemanns nichts wert. Er hätte problemlos mit seinem Schlauchboot nach Memmert gelangen und dort Richard von Schwanenhagen töten können. Aber wer hatte dann das Medaillon gestohlen? Oder war diese Frage völlig nebensächlich?

Antje erreichte die Dienststelle und betrat das Wachlokal. Roland blickte auf und lächelte ihr zu.

»Hoffentlich denkst du nicht, dass ich in deiner Abwesenheit Däumchen gedreht hätte. Ich war nämlich sehr fleißig.«

»Lass hören, mein Lieber.«

»Erst bin ich noch schnell mit dem Tatortkoffer zu Luisa von Schwanenhagen gefahren. Dort konnte ich an der Terrassentür einige gut erkennbare Fingerabdrücke sichern. Sie könnten natürlich auch von der adligen Dame oder ihrem Bruder stammen, doch nach einem Abgleich wissen wir mehr. Außerdem habe ich mit einer kleinen Internetrecherche herausgefunden, dass Luisas Arbeitgeber in dunkle Geschäfte verwickelt zu sein scheint. Jedenfalls ermittelt die Frankfurter Staatsanwaltschaft.«

»Worum geht es konkret?«, fragte Antje nach.

»Betrug, Insiderhandel und Unterschlagung. Das sind natürlich alles momentan nur Verdachtsmomente, und die Schwester des Mordopfers muss keineswegs daran beteiligt sein.«

Die Kommissarin spann den Faden weiter: »Trotzdem fällt auf, dass sie sich in einer solchen Situation auf unsere friedliche Insel zurückzieht. Womöglich ermitteln wir in eine ganz falsche Richtung, Roland. Vielleicht weiß Luisa einfach zu viel, und sie sollte unter Druck gesetzt werden.«

Die Stimme des Kommissars hörte sich skeptisch an: »Indem ihr Bruder erstochen wird? Sie hat ihn offenbar geliebt. Warum sollte sie den Mund halten, nachdem er umgebracht wurde? In dieser Hinsicht hat sie nichts mehr zu verlieren, außer natürlich ihrem eigenen Leben.«

»Richards Tod könnte eine Art Betriebsunfall gewesen sein«, dachte Antje laut nach. »Ich stelle mir vor, dass Luisas Widersacher sie ausspioniert haben und herausfanden, dass Richard ihr sehr am Herzen liegt. Einer der Kerle verschleppt ihn nach Memmert, aus was für Gründen auch immer. Dort reißt der Clown sich los, will vielleicht beim Vogelwart Hilfe suchen. Da wird er von seinem Kidnapper während einer Kurzschlusshandlung niedergestochen. Womöglich wollte der Täter ihn gar nicht umbringen, sondern nur stoppen.«

»Deine Theorie hat den Vorteil, dass Luisa uns gewiss Namen von Verdächtigen nennen kann«, meinte der Kommissar. »Wir sollten sie mit den Erkenntnissen über ihren Arbeitgeber konfrontieren.«

Bevor Antje etwas erwidern konnte, wurde die Polizeistation angefunkt. Die Kommissarin griff zum Mikrofon und stellte fest, dass der Inselvogt von Memmert erneut Kontakt mit ihr aufnehmen wollte.

»Ihr müsst noch einmal zu mir kommen«, sagte er mit ernster Stimme. »Hier ist etwas, das ihr euch unbedingt ansehen solltet.«

»Etwa eine neue Leiche, Harm?«

»Nein, Antje. – Noch nicht.«

Kapitel 7

Nachdem die Inselpolizistin den Funkkontakt beendet hatte, fuhren sie und ihr Kollege so schnell wie möglich zum Hafen. Roland klang missmutig: »Ich kann es nicht ausstehen, wenn jemand solche kryptischen Botschaften von sich gibt. Warum kann Pommer nicht konkret sagen, aus welchem Grund wir ihm noch einmal auf die Bude rücken sollen?«

»Harm ist eben kein Dampfplauderer. Er will, dass wir uns selbst ein Urteil bilden.«

»Oder deine Gesellschaft gefällt ihm, nachdem er sie gerade erst genossen hat. Wahrscheinlich wäre es dem Einsiedler nur recht, wenn du allein zu ihm fahren würdest.«

»Jetzt hörst du dich wirklich wie ein eifersüchtiger Macho an, Rollo!«

Antje war verärgert, als sie diesen Satz von sich gab. Und ihr Freund beging nicht den Fehler, auf dem Thema noch länger herumzuhacken. Ohnehin war ihre kurze Fahrt bereits beendet, denn sie trafen nun beim Yachthafen ein. Die *Nyx* befand sich an ihrem üblichen Anlegeplatz. Basner schaute die Polizisten erwartungsvoll an.

»Ich mag dich eigentlich gar nicht fragen, Reemt – aber wir müssten noch einmal nach Memmert.«

»Kein Problem, ihr seid mir willkommen«, beteuerte der pensionierte Lehrer. Er fügte verschmitzt grinsend hinzu: »Allmählich komme ich mir selbst ein bisschen wie ein Hilfssheriff vor. Soll ich eventuell Blaulicht und Sirene auf meinem Boot installieren?«

Die Kommissare lachten. Roland warf die Leinen los, und Basner setzte den Motor in Betrieb. Gleich darauf tuckerte die alte Yacht aus dem Juister Schutzhafen. Der Skipper hatte das Ruder übernommen, Antje stand neben ihm.

»Du hast vorhin Harm zurückgebracht, oder?«

»Ja, das stimmt. Er hat ja ein eigenes Boot, aber das blieb auf Memmert, weil wir die Leiche ja mit meiner *Nyx* transportiert haben.«

»Kam der Vogelwärter dir verändert vor?«, forschte die Polizistin.

»Ich kenne ihn ja kaum. Er hat allerdings während der Überfahrt keinen Ton von sich gegeben. Also verhielt er sich wie ein typischer Inselfriese.«

Antje musste grinsen, doch gleich darauf wurde sie wieder ernst. Der Inselvogt hatte bei dem Funkkontakt sehr angespannt geklungen. Lange musste sie sich nicht mit der Ungewissheit plagen, denn bei ruhiger See erreichten sie das Vogeleiland sehr schnell. Harm Pommer wartete bereits am Ufer. Die Polizisten zogen wieder ihre Gummistiefel an und sprangen aus dem Boot.

»Was genau ist denn geschehen?«, fragte Antje direkt. Pommer drehte sich wortlos um und signalisierte per Handzeichen, dass sie ihm folgen sollten.

»Keine Antwort ist auch eine Antwort«, murmelte Roland. Doch seine Kollegin wollte nicht auf seine Bemerkung eingehen. Ihre Spannung stieg mit jedem Moment, der verstrich. Immerhin gab es nun keinen Zweifel daran, in welche Richtung die drei sich bewegten. Basner war an Bord der *Nyx* geblieben. Der Inselvogt wollte die Polizisten offenbar zu seiner Unterkunft lotsen. Neben der bescheidenen Hütte hatte der Fortschritt in Form von einigen Solarzellen Einzug gehalten. Sie versorgten den Vogelwärter mit elektrischem Strom.

Pommer stieß die Tür auf. Antje schaute ihm über die Schulter und bemerkte, dass die Tür überhaupt kein Schloss aufwies. Diese Tatsache war verblüffend, aber nur auf den ersten Blick. Warum sollte man auf einer unbewohnten Insel das Haus abschließen, wenn man fortging?

Die Kommissare folgten dem Vogelwärter in seine Behausung. Dort war es halbwegs ordentlich. Antje hatte bei allein lebenden Männern schon größeres Chaos gesehen. Es roch nach Räucherfisch und Pulverkaffee, in der Spüle des kleinen Küchenblocks stand benutztes Geschirr. Das Bett war nicht gemacht, und auf einem Sessel lagen einige Kleider. Doch all diese Beobachtungen erschienen Antje momentan nebensächlich. Sie erkannte nun nämlich den Grund dafür, dass Pommer noch einmal die Polizei gerufen hatte.

In die Mitte seines hölzernen Küchentischs war ein blutiges Messer gerammt worden.

***

Roland stieß langsam die Luft aus den Lungen, bevor er den Mund öffnete.

»Wann ist das geschehen?«

Der Inselvogt schaute erst das Messer und danach seine Besucher an.

»Ich weiß es nicht«, sagte er und fuhr fort: »Als ich euch heute Morgen angefunkt habe, war die Klinge noch nicht hier. Es ist ja unmöglich, sie zu übersehen. Ich verließ mein Haus und hab am Strand auf euch gewartet. Dann bin ich ja mit Antje einmal rund um die Insel gelaufen und half euch beim Transport des Toten nach Juist. Reemt fuhr mich zurück nach Memmert. Als ich heimging, um mir einen Kaffee zu kochen, fand ich das Messer.«

»Also muss jemand auf der Vogelinsel gewesen sein, während du deine Aussage bei uns in der Polizeistation gemacht hast«, schlussfolgerte Antje. »Vorhin haben wir ja keine weiteren Spuren gefunden. Wie sieht es jetzt damit aus?«

»Darauf habe ich noch nicht geachtet«, gab Pommer zu.

Roland hatte sich bereits Latexhandschuhe übergestreift. Er näherte sich dem Tisch und betastete die Klinge. »Das Blut ist getrocknet, vermutlich stammt es von dem Clown«, sagte er. »Wir nehmen das Messer mit, um es kriminaltechnisch untersuchen zu lassen.«

Pommer nickte. Besonders unruhig wirkte er nicht. Doch beim zweiten Funkkontakt hatte er aufgeregt geklungen, was die Polizistin nachvollziehen konnte. Sie wäre ebenfalls nicht cool geblieben, wenn sie bei der Rückkehr in ihre Wohnung ein blutiges Messer erwartet hätte. Ihr Blick fiel auf den Küchenblock. Sie fragte: »Stammt es vielleicht sogar aus deinem Besteckkasten, Harm?«

»Nein, das ist unmöglich. Diese Art von Messer besitze ich nicht. – Sieh selbst.«

Er trat vor und zog eine Schublade auf. Darin befanden sich Schälmesser, normale Essmesser, ein Brotmesser und ein Sägemesser. Sie alle unterschieden sich von Größe und Verarbeitung her deutlich von dem Exemplar in der Tischplatte. Dies war zwar noch kein Beweis, doch nach Antjes Meinung gab es keinen Grund, an Pommers Worten zu zweifeln.

Roland zog das Messer aus dem Holz und tat es in einen Beutel für Beweisstücke. Seine Kollegin wandte sich an den Vogelwärter: »Es ist uns inzwischen gelungen, den Toten zu identifizieren. Er hieß Richard von Schwanenhagen. Sagt dir der Name etwas?«

»Den hab ich noch nie gehört.«

»Das Mordopfer hatte eine Schwester namens Luisa von Schwanenhagen.«

»Der Name sagt mir auch nichts.«

Antje nickte. Sie hatte nicht ernsthaft erwartet, dass es eine Verbindung zwischen dem Eremiten und dem Geschwisterpaar gab. Roland schaute sich die Holzdielen bereits genauer an.

»Es hat seit ein paar Tagen nicht geregnet, da werden wir hier drinnen wohl vergeblich nach Fußspuren des Eindringlings suchen. Draußen haben wir hoffentlich mehr Erfolg.«

Der Kommissar ging hinaus. Das Häuschen stand in einer flachen Kuhle zwischen kleinen Dünen, die teilweise mit Strandgras bewachsen waren. Momentan wehte nur eine sanfte Brise, sodass man die Fährte noch gut erkennen konnte. Roland deutete auf den Boden: »Die Spuren stammen wieder von Sportschuhen Größe dreiundvierzig. Wahrscheinlich haben wir es mit demselben Täter zu tun, der Clown Richard ermordete. Aber warum hat er das Messer in den Küchentisch gerammt? Das war doch eine unmissverständliche Drohung – oder?«

Antje schaute Pommer an: »Ich bin derselben Meinung wie mein Kollege, Harm. Warum will dich der Mörder einschüchtern?«

»Ich habe keine Ahnung. Vielleicht glaubt er ja, dass ich die Tat beobachtet hätte oder etwas weiß, das ihn verraten könnte?«

»Ist das denn der Fall?«, bohrte der Kommissar nach.

»Nee, ich hab von der Bluttat nichts mitbekommen. Und ich wäre bestimmt dazwischengegangen, wenn jemand auf Memmert feige einen Menschen ermorden will«, grollte Pommer. Er warf den Polizisten einen gereizten Blick zu.

»Wir glauben dir«, erwiderte Antje schnell. »Es steht aber fest, dass du in Gefahr bist. Willst du mit uns nach Juist kommen, bis der Täter gefasst ist?«

Der Vogelwärter schüttelte den Kopf.

»Das könnt ihr vergessen. Ich werde dafür bezahlt, dass ich diese Insel bewache. Ich lasse mich doch nicht vertreiben. Außerdem war ich bei der Marine. Ich hab gelernt, mich meiner Haut zu wehren.«

Zur Bekräftigung seiner Worte griff er nach einem Bootshaken, der neben der Eingangstür an der Wand lehnte.

Antje erkannte, dass sie ihn nicht würde umstimmen können. Die Inselfriesen waren für ihre Sturheit bekannt. Für diese Charaktereigenschaft hatte sie vollstes Verständnis, immerhin war sie selbst eine gebürtige Juisterin.

Roland machte ein paar Fotos von den Fußspuren, die vom Strand zur Hütte und wieder zurück führten. Dann verabschiedeten die Polizisten sich von dem Inselvogt.

»Versprich mir, dass du dich sofort per Funk meldest, wenn noch etwas Ungewöhnliches passiert«, sagte sie. Pommer winkte ihnen kurz zu und verschwand in seiner Behausung.

Während der Rückfahrt nach Juist hingen die Kommissare ihren Gedanken nach. Außerdem wollten sie den Fall nicht in Basners Gegenwart besprechen. Er hatte ohnehin schon mitbekommen, dass sie ein Messer beschlagnahmt hatten. Antje wollte nicht die Hand dafür ins Feuer legen, dass er diese Beobachtung für sich behielt.

Als die *Nyx* nach kurzer Zeit in den Hafen einlief, wartete dort bereits die Bürgermeisterin.

»Heute ist irgendwie nicht unser Glückstag«, murmelte Roland. Als die Polizisten an Land kamen, warf Silke Meester einen irritiert wirkenden Blick auf das blutige Messer in dem Beutel.

»Ich habe mir erlaubt, mit Ihren Vorgesetzten auf dem Festland zu telefonieren«, sagte die Amtsträgerin.

»Wer gibt Ihnen das Recht …«, begann Antje empört, doch die Bürgermeisterin schnitt ihr das Wort ab.

»Frau Fedder, ich habe nur das Wohl unserer Insel im Blick. Ich wollte vermeiden, dass Sie Ihre Zeit mit einer Ermittlung außerhalb Ihres Zuständigkeitsbereichs verschwenden. – Dieser Mord fällt nach Ansicht des Polizeidirektors in Ihren Bereich, obwohl ich nach wie vor anderer Meinung bin. Er sagte wörtlich: ›Meine Kollegen vor Ort sollen nach Ermessen handeln.‹ Hoffentlich können Sie den

Fall bald aufklären und sich wieder der Verbrechensbekämpfung auf Juist widmen.«

Silke Meester wandte sich ab und radelte zum Rathaus zurück.

Die Polizisten fuhren zum Flugplatz, damit das Messer noch am selben Tag nach Oldenburg transportiert werden konnte. Während sie auf ihr Ziel zusteuerten, wandte Roland sich an seine Freundin: »Du weißt, was *nach Ermessen handeln* im Polizeijargon bedeutet, oder?«

Sie warf ihm einen fragenden Blick zu.

Roland fuhr fort: »Es heißt sinngemäß: *Wenn es schiefläuft, tragt ihr selbst die Schuld.*«

»Dann darf eben genau das nicht geschehen«, sagte Antje. Ihr Kollege hob die Schultern und entgegnete: »An mir soll es nicht scheitern. Aber findest du nicht, dass Pommer sich verdächtig verhält?«

Antje reagierte spöttisch: »Wie kommst du denn darauf? Glaubst du, er kann seine Füße schrumpfen, um Schuhgröße dreiundvierzig zu tragen? Und hat er das Messer höchstpersönlich in die Tischplatte gerammt, um sich wichtig zu machen?«

Der Kommissar ließ sich nicht beirren: »Der Einsiedler hat auffällig gelassen reagiert. Immerhin ist jemand in seine Privatsphäre eingedrungen und hat dort eine tödliche Waffe hinterlassen.«

»Harm verfügt eben über ein stabiles Nervenkostüm, Roland. – Ich nehme zu deinen Gunsten an, dass deine Überlegungen nicht ausschließlich durch grundlose Eifersucht befeuert werden. Doch selbst wenn wir den Inselwächter verdächtigen würden – aus welchem Grund sollte er in den Mord verwickelt sein?«

»Das weiß ich ja auch noch nicht, Antje.«

»Wir wollten doch sowieso heute Abend meinen Vater in der *Juister Kajüte* besuchen, vielleicht können wir von ihm noch mehr über Harm erfahren.«

Nachdem sie das Beweisstück einem Inselflieger mitgegeben hatten, fuhren die Polizisten zum Strand. Sie wollten Urlauber befragen, ob sie Richard von Schwanenhagen am Vortag gesehen hatten. Normalerweise hielt Antje nicht viel von einer solchen Zeugensuche nach der Gießkannenmethode. Doch in diesem Fall hatten sie es mit einer sehr auffälligen Erscheinung zu tun. Es würden sich garantiert Menschen finden, die sich an den Mann in seiner Clownmontur erinnern konnten.

Die Kommissarin ertappte sich dabei, dass sie Roland heimlich aus dem Augenwinkel beobachtete. Er war eigentlich kein besitzergreifender Freund, der sich sofort in einen rasenden Wüterich verwandelte, sobald sie auch nur mit einem fremden Mann sprach. Eine solche Haltung wäre auch fatal gewesen, denn in ihrem Beruf hatte sie ständig mit vielen Menschen beiderlei Geschlechts zu tun. Womöglich entwickelte Pommer ja wirklich Gefühle für sie. Und objektiv betrachtet war Antje vermutlich die erste Frau, die er nach monatelanger Einsamkeit auf der Vogelinsel zu Gesicht bekam. Allerdings hatte sie ihm nie Hoffnungen gemacht.

Die Polizisten bogen rechts in die Karl-Wagner-Straße ab und erreichten den Strand auf Höhe der Kitestation. Sie stellten ihre Räder bei der Promenade ab, denn im feinen Sand kamen sie zu Fuß besser voran. Antje und Roland mussten nicht lange suchen, um auf Passanten zu treffen. Einige Paare und Familien schlenderten am Spülsaum entlang, genossen die Frühlingssonne und den sanften Wind sowie das berühmte Juister Licht.

Bei einigen Urlaubern hatten sie mit ihrer Frage nach dem Clown keinen Erfolg. Ein Mann aus Dortmund glaubte sogar, dass die Polizisten ihn verschaukeln wollten, obwohl sie ihm ein Foto des Opfers zeigten. Doch schon wenig später hatten sie Erfolg.

»Ja, der ist doch gestern hier herumgelaufen!«, rief ein Tourist, der sich als Dirk Fiebig vorstellte.

»Wo genau haben Sie die Person denn gesehen?«, hakte Antje nach.

»So exakt kann ich das gar nicht sagen. Wir sind erst vor ein paar Tagen auf der Insel eingetroffen. – Aber ich habe ein paar Fotos von dem Possenreißer gemacht. Schauen Sie mal!«

Fiebig holte sein Smartphone aus der Tasche und präsentierte den Polizisten seine Schnappschüsse. Clown Richard war im Bild-Vordergrund deutlich zu sehen. Er sprang am Fuß einer mit Strandgras bewachsenen Düne ausgelassen in die Luft. Weit im Hintergrund war der Wasserturm zu erkennen. Doch Antje fiel ein ganz anderes Detail ins Auge: Eine dunkle Gestalt befand sich ein Stück weit hinter dem Kostümierten. Diese Person war sichtlich bemüht, nicht auf dem Foto zu erscheinen. Und wirklich konnte man sie nur schemenhaft wahrnehmen. Wenn man das Bild größer zoomte, wurde der Umriss endgültig zu einem verschwommenen Fleck.

Ob Richard von Schwanenhagen zu diesem Zeitpunkt bereits von seinem späteren Mörder verfolgt wurde?

Kapitel 8

»Wann sind die Aufnahmen entstanden?«, wollte die Polizistin von dem Touristen wissen.

»Warten Sie … auf meinem Smartphone bekommen die Fotos immer automatisch einen Zeitstempel … ja, die Bilder habe ich gestern Abend zwischen 19.03 Uhr und 19.07 Uhr gemacht.«

Antje gab Fiebig ihre Handynummer und bat ihn darum, die Schnappschüsse an sie weiterzuleiten. Sie rechnete nach: Im April ging die Sonne auf Juist gegen 20.45 Uhr unter. Ob die unbekannte Gestalt Richard von Schwanenhagens Killer war? Hatte er den Clown im Schutz der Dunkelheit erstochen?

Das Smartphone der Kommissarin gab ein Geräusch von sich – der Beweis dafür, dass der Urlauber die Bilddateien übermittelt hatte. Antje ließ sich noch seine Ferienadresse auf Juist geben. Dann bedankte sie sich für die Mithilfe. Sie und Roland eilten zu ihren Rädern zurück. Ihr Kollege konnte seine Aufregung nicht verbergen: »Wetten, dass dieser Kerl im Hintergrund Markus Grote ist?«

»Ich halte den temperamentvollen Familienvater auch für höchst verdächtig, mein Lieber. Aber wenn er der Täter sein sollte – aus welchem Grund kehrt er nach Memmert zurück, um das blutige Messer in Harms Tischplatte zu rammen?«

»Diese Frage kann ich auch nicht beantworten«, gab der Kommissar zu. Er fuhr fort: »Es steht aber fest, dass er genügend Zeit für einen Abstecher auf die Vogelinsel gehabt hat. Laut Aussage seiner Frau ist er ja momentan auf dem Wasser unterwegs. Statten wir ihm einen Besuch ab?«

»Erst möchte ich mir die Fotos noch genauer anschauen«, stellte Antje klar. »Wenn wir jemanden verhaften, will ich ihn nicht gleich wegen zu dürftigen Beweisen wieder auf freien Fuß setzen müssen.«

Sobald die beiden wieder die Polizeiwache erreicht hatten, übertrug Antje die Fotos auf ihren PC. Sie öffnete die Aufnahmen mit einem Bildbearbeitungsprogramm. Aber es war sinnlos. Auch bei maximaler Vergrößerung konnte man die schemenhafte Gestalt nicht besser erkennen.

»So ein Mist!«, fluchte Roland, der seiner Freundin über die Schulter schaute. Er fuhr fort: »Von der Statur her könnte die Person Grote sein. Oder ich. Oder Batman.«

»Wir sind leider keine Kriminaltechniker«, unterstrich die Kommissarin. Sie fügte hinzu: »Mit unserer Gurken-Software können wir nicht mehr aus den Bildern herausholen. Ich werde sie ans Landeskriminalamt schicken und die Spezialisten bitten, sich der Sache anzunehmen. Aber heute können wir wohl kaum noch mit einer Antwort rechnen.«

Roland nickte und schaute auf die Uhr. Er sagte: »Es wäre wirklich gut, wenn wir Grote ein Foto unter die Nase halten könnten, das ihn bei der Verfolgung des Clowns zeigt. Angeblich musste er ja wegen seiner Knieverletzung nach ein paar Minuten aufgeben.«

Antje verfasste eine Mail an das Landeskriminalamt und fügte die Fotos als Anhänge hinzu. Nachdem sie die Nachricht losgeschickt hatte, machten die Ermittler Feierabend.

»Holst du mich in einer Stunde ab, Roland?«

»Wird gemacht«, erwiderte er und verließ die Wache. Wenn die beiden sich privat trafen, waren sie stets in Zivil unterwegs. Daher ging Antjes Freund jetzt zu seiner Pension, um andere Kleidung anzuziehen. Obwohl sie sich gut verstanden, wollten die Inselpolizisten nicht zusammenleben. Theoretisch wäre in der Dienstwohnung im ersten Stockwerk auch noch Platz für Roland gewesen. Doch sie brauchten beide einen Rückzugsort, zumal sie sich ja schon bei der Arbeit die ganze Zeit sahen.

Antje ging die Treppe hoch, zog ihre Uniform aus und duschte. Dann nahm sie eine Jeans und einen rostfarbenen Baumwollpullover aus ihrem Kleiderschrank. Boots und eine grüne Regenjacke vervollständigten ihre Privatmontur. Die Kommissarin drehte sich vor ihrem Spiegel. Unwillkürlich musste sie an Harm Pommer denken. Ob er sich wirklich in sie verliebt hatte? Falls das so war, tat der Einsiedler ihr leid. Sie war nun mal vergeben. Auch wenn Roland ihr mit seiner unbeschwerten Art manchmal auf die Nerven ging, konnte sie sich doch keinen besseren Mann an ihrer Seite vorstellen.

Ihr Freund holte sie pünktlich ab. Er trug schwarze Jeans und eine dicke dunkelblaue Kapuzenjacke mit gesticktem Anker auf der linken Brustseite.

»In diesen Klamotten hättest du auch Clown Richards Verfolger sein können«, stellte Antje trocken fest.

Roland legte seinen Arm um ihre Schultern und erwiderte: »Ich weiß. Meine ganze Hoffnung ruht nun auf den LKA-Kollegen. Und wir müssen unbedingt herausfinden, warum Richard von Schwanenhagen zu nächtlicher Stunde nach Memmert wollte.«

Die beiden gingen eng umschlungen los. Sie ließen die Fahrräder stehen, denn durch die Warmbadstraße war es nur ein kurzer Fußweg bis zum Lokal von Tjark Fedder. Und da sie an diesem Abend nicht bei alkoholfreien Getränken bleiben wollten, wollten sie lieber nicht fahren. Schließlich hatten Antje und Roland schon öfter bei beschwipsten Radlern Alkoholkontrollen durchführen müssen. Es gab nämlich immer wieder Touristen, die glaubten, dass auf einer autofreien Insel überhaupt keine Verkehrsregeln gelten würden.

Antjes Vater hatte seine gemütliche Seemannskneipe an der Promenade mit allerlei Andenken an seine Reisen auf den Weltmeeren dekoriert. Er strahlte, als seine Tochter und ihr Freund das gut besuchte Lokal betraten.

»Moin, das verspricht ja ein schöner Abend zu werden. – Ihr trinkt doch bestimmt ein Bier, oder?«

»Da sagen wir nicht Nein«, gab Roland zurück. Die beiden nahmen auf Barhockern vor der Theke Platz.

»Unsere verehrte Frau Bürgermeisterin macht schon wieder die Pferde scheu«, erzählte Tjark Fedder lächelnd, wobei er seine tätowierten Unterarme auf den Tresen stützte. Er fuhr fort: »Sie hat sich bei mir darüber beklagt, dass ihr jetzt schon Tote nach Juist schafft, die gar nicht hier umgebracht wurden.«

»Frau Meester sollte lieber den Ball flachhalten, anstatt sich über polizeiliche Maßnahmen zu beschweren«, grollte Antje.

Roland fügte hinzu: »Es hat einen Toten auf Memmert gegeben.«

Antjes Vater hob seine Augenbrauen und begann mit dem Bierzapfen.

»Also hat es Harm Pommer erwischt? Der arme Kerl war wirklich ein Pechvogel.«

»Nee, Harm geht es gut, Papa. Das Opfer ist per Boot auf die Vogelinsel gelangt und dann getötet worden. Aber aus welchem Grund denkst du, dass Harm das Unglück gepachtet hat?«

»Naja, ich kam mal mit ihm ins Gespräch, als er vor ein paar Monaten kurz auf Juist war. Ich kannte Harm vom Sehen. Am Hafen bekam ich mit, wie er mit seinem Boot einlief. Und irgendjemand sagte, dass er der Vogelwärter von Memmert sei. Das fand ich spannend, also fragte ich ihn nach seinem Job, als er in meiner Kneipe etwas trinken wollte.«

»Es war bestimmt nicht einfach, mit ihm zu reden«, vermutete Roland. Er fügte hinzu: »Mir kam Harm Pommer ziemlich schweigsam vor.«

Tjark betätigte wieder den Zapfhahn und sagte: »Das ist schon möglich, aber an meiner Theke haben ein paar Klare wohl seine Zunge gelöst. Harm sagte, er würde nur den Vögeln vertrauen. Die Menschen hätten ihn tief enttäuscht.«

Antje horchte auf. Ob diese Beichte für ihre Ermittlungen wichtig war? Sie wollte mehr erfahren und hakte nach: »Ist Harm konkreter geworden, Papa? Wurde er privat oder beruflich hintergangen? Vielleicht sogar beides?«

»Es ist nicht so, dass der Inselvogt mir seine ganze Lebensgeschichte berichtet hätte«, räumte der pensionierte Seemann ein. Er fuhr fort: »Wenn ihr mich fragt, dann gibt er seiner Familie die Schuld an seinem Schicksal. Er wuchs ja im Waisenhaus auf. Diese Information konnte ich ihm immerhin aus der Nase ziehen.«

»Harm kann ja nicht seine Mutter und seinen Vater dafür verantwortlich machen, dass sie nicht mehr leben«, dachte Antje laut nach. »Er könnte sich eher von seiner Freundin oder Verlobten betrogen fühlen.«

Tjark stellte die Biergläser auf den Tresen und sagte: »Zum Wohl! – Ich weiß von keinem weiblichen Wesen an Harms Seite.«

»Es gibt zumindest eine Frau, auf die er ein Auge geworfen hat«, bemerkte Roland. Seine Freundin warf ihm einen gereizten Blick zu.

»Dafür gibt es keinen stichhaltigen Beweis!«, fauchte sie. »Trinken wir auf einen schönen Abend, Papa und – Rollo!«

Sie hob ihr Bierglas. Der Kommissar begriff offenbar, dass er den Bogen nicht überspannen durfte. Jedenfalls hielt er sich nun mit weiteren Bemerkungen über Pommers Gefühle für Antje zurück.

»Ihr geht davon aus, dass der Mord nicht zufällig auf Memmert geschah«, mutmaßte Tjark Fedder. Er ergänzte: »Und da die Vogelinsel nur einen einzigen Bewohner hat, durchleuchtet ihr Harm genauer.«

»Das ist bei einem verschlossenen Menschen wie Harm gar nicht so einfach«, seufzte seine Tochter. »Was für ein Glück, dass er wenigstens an deinem Tresen ein paar Worte von sich gegeben hat, Papa. – Es muss doch einen plausiblen Grund dafür geben, dass Harm sich von den Menschen zurückzieht und bei den Tieren am wohlsten fühlt. Hat er keine Andeutung fallengelassen, wer ihn übers Ohr gehauen hat? Und bei welcher Gelegenheit?«

Der Wirt kniff die Augen zusammen und schaute auf die Wand hinter Antje. Dort hingen eine afrikanische Tanzmaske sowie zwei gekreuzte Speere. Er schien intensiv nachzudenken. Schließlich schüttelte er bedauernd den Kopf.

»Nee, da muss ich passen. Harm und ich sind ja nicht gerade Blutsbrüder. Er hat mir einfach ein bisschen sein Herz ausgeschüttet, und diese Beichte hat er gewiss schnell bereut. Als er mir nämlich am nächsten Tag am Kurplatz zufällig über den Weg lief, hat er mich kaum gegrüßt.«

Antje trank von ihrem Bier. Sie fragte sich, ob die Recherchen bezüglich des Vogelwärters nicht reine Zeitverschwendung waren. Aus welchem Grund hätte Richard von Schwanenhagen Harm Pommer auf Memmert besuchen sollen? Und warum war eine andere Person dem Clown gefolgt und hatte ihn erstochen, bevor er mit dem Vogelwart Kontakt aufnehmen konnte? Wollte Richard eine Information über Harms Familie loswerden?

Als die Kommissarin mit ihren Überlegungen an diesem Punkt angekommen war, schimpfte sie mit sich selbst. Sie verlor sich in Spekulationen. Richard von Schwanenhagen war offenbar ein Mann gewesen, der sich für Verkleidungen und harmlose Kinderspiele begeistert hatte – nicht aber für das Leben eines einsamen Inselvogts. Es war gewiss viel sinnvoller, sich bei den Ermittlungen auf Markus Grote und Richards unbekannten Verfolger zu konzentrieren – die womöglich ein und dieselbe Person waren.

Antje wechselte das Thema: »Schon gut, Papa – lass uns nicht länger über Harm Pommer sprechen. Erzähl doch bitte Roland stattdessen die Geschichte von der Lampionfabrik in Hongkong.«

Tjark Fedder holte tief Luft und begann: »Ich war damals Vollmatrose auf der *Lovely Lady* und kehrte nach einem Landgang in Hongkong zum Schiff zurück. Doch der Taxifahrer hatte mich falsch verstanden, und daher …«

***

Am nächsten Morgen begann Antje den Arbeitstag gut gelaunt und energiegeladen. Dazu trug gewiss auch der strahlende Sonnenschein bei, der die Wellenkämme der Nordsee glitzern ließ. Die sanfte Brise trug den salzigen Meeresgeruch durch das offene Fenster bis ins Wachlokal in der Carl-Stegmann-Straße.

Nach dem Abend in der *Juister Kajüte* war Roland noch mit zu seiner Freundin gekommen, und sie hatten den größten Teil der Nacht gemeinsam verbracht. Doch in den frühen Morgenstunden war er in sein Pensionszimmer zurückgeschlichen, wie es seiner Gewohnheit entsprach. So fiel es ihnen beiden leichter, zwischen Privatleben und Dienstalltag strikt zu trennen.

Tatendurstig schaltete die Inselpolizistin ihren Computer ein. Als der Kommissar pünktlich um acht Uhr im Wachlokal erschien, war sie bereits in die Arbeit vertieft.

»Moin, Antje. Bist du aus dem Bett gefallen?«

Sie lachte und entgegnete: »Nee, aber heute kommen wir hoffentlich ein Stück weiter. Ich habe nämlich das Obduktionsergebnis per Mail bekommen. Die Kollegen in Oldenburg müssen eine Nachtschicht eingelegt haben.«

»Oder es gibt dort momentan keine eigenen Tötungsdelikte, sodass sie sich gleich auf unseren Fall stürzen konnten. – Was steht denn drin?«

»Der Tod wurde durch einen Stich mit einem spitzen Gegenstand von hinten ins Herz verursacht, was uns jetzt nicht wirklich überraschen dürfte.«

»So ist es«, stimmte Roland zu. »Ich wette, dass die Kriminaltechniker das sichergestellte Messer als Tatwaffe identifizieren können.«

»Ich würde nicht dagegenhalten, mein Lieber. Den Todeszeitpunkt grenzen die Gerichtsmediziner auf die Nacht von Sonntag auf Montag ein, und zwar zwischen Mitternacht und ein Uhr früh. Ansonsten sind sie bei der Untersuchung der Leiche auf winzige Hightech-Hörgeräte der neuesten Generation gestoßen.«

»Hörgeräte? So alt war Richard von Schwanenhagen doch noch gar nicht«, gab Antjes Kollege erstaunt zurück. »Oder musste dieses Hilfsmittel wegen seiner Entwicklungsverzögerung eingesetzt werden?«

Die Kommissarin schüttelte den Kopf.

»Nein, das ist ein anderes Paar Schuhe. – Das Mordopfer litt am Usher-Syndrom. Das ist eine seltene Erbkrankheit, von der ich bis vor ein paar Minuten auch noch nie etwas gelesen hatte. Ich hab gleich mal nachgeschlagen. Es handelt sich um eine kombinierte Hör- und Sehschwäche, die im Extremfall zu Taubheit und völliger Erblindung führen kann.«

»Die beste Krankheit taugt nichts, wie mein Opa immer zu sagen pflegte«, erwiderte Roland. Er fragte: »Gibt es denn einen Zusammenhang zwischen diesem Usher-Syndrom und dem Mord?«

Antje hob die Schultern.

»Mir fällt auf Anhieb dazu nichts ein. Wir wissen noch zu wenig über das Opfer, findest du nicht? Wir sollten heute dringend seiner Schwester einen Besuch abstatten. Womöglich verschweigt sie uns im Zusammenhang mit ihrem Job Tatsachen, die etwas mit dem Verbrechen zu tun haben können.«

»Sie wird sich wohl kaum selbst belasten«, gab Roland zu bedenken. Er fügte hinzu: »Luisa wird nicht absichtlich Richard geschadet haben. Es könnte wirklich sein, dass jemand die Schwester unter Druck setzen wollte und es den Bruder erwischt hat. – Ich möchte zunächst klären, ob sich mit den Fingerabdrücken von der Terrassentür etwas anfangen lässt.«

Während der Kommissar sprach, bereitete er das Programm zum Abgleich der Prints vor. Es dauerte nicht lange, bis Roland ein klares Ergebnis präsentieren konnte: »Du wirst es nicht glauben, Antje – die Fingerabdrücke an Luisa von Schwanenhagens Tür stammen von Markus Grote!«

Kapitel 9

»Sophias Vater wird uns einiges zu erklären haben«, stellte die Kommissarin grimmig fest. Sie erhob sich von ihrem Bürostuhl und setzte ihre Mütze auf. Für sie stand ebenso wie für ihren Kollegen fest, dass der Verdächtige sofort verhört werden musste. Die beiden machten sich auf den Weg zum Ferienhaus der kleinen Familie.

»Es passt alles zusammen«, meinte Roland, während sie sich ihrem Ziel näherten. »Grote glaubt, dass der Clown seine Tochter bedroht. Er dreht durch, nimmt die Verfolgung auf. Womöglich musste er wirklich erst zurückstecken, weil sein Knie ihm Probleme gemacht hat. Später gelingt es ihm, den vermeintlichen Kindesentführer wiederzufinden. Richard flieht über das Wasser, Grote heftet sich in seinem Schlauchboot an seine Fersen – bis die Lage auf der Vogelinsel eskaliert.«

Für Antjes Geschmack blieben noch zu viele Fragen offen – beispielsweise, mit welchem Boot Richard von Schwanenhagen nach Memmert übergesetzt war. Oder warum Grote das Messer am nächsten Tag in der Hütte des Inselwärters platziert hatte. Auf jeden Fall würde er den Beamten erklären müssen, was er auf der Terrasse zu suchen gehabt hatte.

Als die Polizisten das Ferienhaus der Familie erreichten, saßen die Grotes noch beim Frühstück im Garten. Antje wunderte sich nicht darüber, denn die meisten Urlauber schliefen gern länger. Wenn in der Juister Polizeistation der Dienst begann, horchten viele Inselbesucher noch an der Matratze.

»Moin«, sagte Antje freundlich. »Wir stören nur ungern, aber Herr Grote müsste uns zur Wache begleiten.«

Falls Sophies Vater nervös wurde, ließ er es sich nicht anmerken. Er köpfte ein Ei und erwiderte: »Meinetwegen, ich komme gleich nach dem Frühstück kurz vorbei.«

»Nein, Sie folgen uns jetzt«, beharrte Roland. Er starrte den Verdächtigen so intensiv an, als ob er ihn hypnotisieren wollte.

»Bist du böse gewesen, Papa?«, fragte seine kleine Tochter. Ihre kindliche Unschuld ließ die Kommissare lächeln. Und Grote schien zu begreifen, dass er vor den Augen seiner Familie besser keine Szene machte. Er tupfte sich die Lippen mit einer Papierserviette ab.

»Es kann sich nur um ein Missverständnis handeln«, behauptete er. »Zum Glück befindet sich der Kaffee ja in einer Warmhaltekanne. – Ich bin bald zurück.«

Mit diesen Worten gab er seiner Frau und seinem Kind einen Kuss. Antje beobachtete Miriam Grote. Sophias Mutter wirkte so unbeteiligt, als ob ein völlig fremder Mensch von der Polizei abgeholt wurde. Ob sie wieder mithilfe von Tabletten in den Schlaf gefunden hatte? Auf die Kommissarin wirkte sie tranig, wie man an der Küste sagte. Miriam Grote schmierte sich lethargisch und im Zeitlupentempo ein Marmeladenbrötchen, während ihr Ehemann sich gemeinsam mit den Beamten entfernte.

Sobald er außer Hörweite seiner Familie war, gab Markus Grote seine Zurückhaltung auf: »Sind Sie von allen guten Geistern verlassen, mich vor meiner Frau und meiner Tochter wie einen Schwerverbrecher abzuführen?«

»Nun halten Sie mal die Luft an«, gab Roland trocken zurück. »Sie sind nicht verhaftet, und wir befragen Sie momentan nur als Zeugen und nicht als Beschuldigten. Es liegt ganz an Ihnen, welchen Eindruck Sie uns vermitteln wollen.«

Die klare Ansage brachte Markus Grote einstweilen zum Schweigen. Er sagte nichts mehr, bis Antje ihn im Wachlokal auf ihrem Besucherstuhl platziert hatte.

»Ich bin doch kein Mörder!«, beteuerte er. »Wahrscheinlich hätte ich diesem irren Clown eine Abreibung verpasst, wenn er mir nicht entwischt wäre. Aber mein Knie hat mich im Stich gelassen. Heutzutage rudere ich lieber, um mich fit zu halten.«

»Rudern ist ein gutes Stichwort«, gab Antje zurück, während sie ihren PC hochfuhr. Sie sprach weiter: »Was haben Sie gestern Nachmittag getan?«

»Da bin ich mit meinem Schlauchboot ein wenig in See gestochen.«

»Wo genau sind Sie gewesen?«

»Ein Stück weit auf der Juister Balje nach Westen … warum wollen Sie das so genau wissen?«, erwiderte Grote.

Die Kommissarin bemerkte den verständnislosen Blick ihres Kollegen und erklärte: »Juister Balje wird das Gewässer zwischen Juist und Memmert genannt. – Sie hätten also auch die Vogelinsel ansteuern können, von hier aus ist das ja wirklich ein Katzensprung.«

»Da bin ich aber nicht gewesen. Glauben Sie, ich weiß nicht, dass Memmert nicht betreten werden darf? Außerdem bin ich Wassersportler und kein Vogelkundler. Was hätte ich dort tun sollen?«

»Vielleicht wollten Sie die Waffe loswerden, mit der Sie Richard von Schwanenhagen erstochen haben?«, fragte Roland provozierend.

Grote fuhr sich mit den Händen durchs Haar. »Noch einmal zum Mitschreiben: Ich habe den Kerl nicht umgebracht. Warum wollen Sie mir die Tat unbedingt anhängen?«

»Wir hängen niemandem etwas an«, sagte Antje scharf. »Aber wir haben Ihre Fingerabdrücke auf der Terrassentür vom Ferienhaus der von Schwanenhagens sichergestellt. –

Und ich teile Ihnen mit, dass wir Sie ab sofort als einen Verdächtigen vernehmen. Sie müssen sich nicht selbst belasten und können die Aussage verweigern. Außerdem steht es Ihnen frei, einen Rechtsbeistand zu beauftragen.«

Die Worte der Kommissarin verfehlten ihre Wirkung auf Grote nicht. Er schaute sie an, als ob er einen Geist sehen würde. Ob er sich nicht mehr daran erinnern konnte, die Tür berührt zu haben? Oder traute der Verdächtige den Inselpolizisten nicht zu, ordentlich Beweise sichern zu können? Als Grote wieder den Mund öffnete, war seine Stimme belegt.

»Es ist nicht so, wie Sie denken. Alles hat sich ganz anders zugetragen«, stammelte er. Sophias Vater war damit einverstanden, dass Antje seine Aussagen gleich abtippte. Also ließ sie ihre Fingerkuppen über die Tastatur fliegen, während er weitersprach: »Im Grunde bin ich Ihnen dankbar dafür, dass Sie mich vom Frühstückstisch weggeholt haben. So kann ich Ihnen ehrlich gestehen, aus welchem Grund ich diese blöde Tür angefasst habe.«

»Da bin ich ja mal gespannt«, meinte Roland trocken.

»Luisa und ich haben ein Verhältnis miteinander«, behauptete Grote. Für einen Moment herrschte Stille in der Polizeiwache. Mit einer solchen Eröffnung hatten weder Antje noch ihr Kollege gerechnet. Roland war jedenfalls sichtlich erstaunt, und auch Antje konnte sich die elegante Adlige und den hemdsärmeligen Familienvater nur schwer als ein Liebespaar vorstellen.

»Wie kam es dazu?«, fragte Antje.

»Eigentlich wollte ich nur behilflich sein, als ich vor ein paar Tagen Luisa vor dem Frischemarkt kennenlernte. Der Hinterreifen ihres Fahrrads verlor Luft, und ich habe ihn schnell wieder aufgepumpt. Doch das Rad konnte meine Aufmerksamkeit nur kurz fesseln. Ich nehme an, dass Sie Luisa schon kennengelernt haben? Dann wissen Sie ja, dass sie etwas ganz Besonderes ist – keine Frau wie tausend andere, sondern eine richtige Dame.«

»Sie können sich scheinbar schnell für ein weibliches Wesen erwärmen«, vermutete der Kommissar.

Grote wandte sich direkt an ihn und erwiderte: »Haben Sie sich noch niemals Hals über Kopf verliebt? Ich hätte es auch niemals für möglich gehalten, dass mir so etwas passieren könnte. Natürlich habe ich Schuldgefühle, immerhin bin ich Ehemann und Vater. Aber Miriam und ich … wir kennen uns von Kindesbeinen an, unsere Eltern wohnen in derselben Vorortsiedlung. Die Familien treffen sich sonntags zum Essen, ich spiele mit Miriams Bruder in der Altherrenmannschaft unseres Sportvereins Fußball, wir planen jetzt schon, auf welche Schule unsere Tochter gehen soll – es ist alles so vorhersehbar und … langweilig!«

»Also suchten Sie ein Abenteuer?«, vergewisserte Antje sich.

Grote antwortete: »Ich habe es nicht darauf angelegt, falls Sie das denken. Und Luisa hatte ähnliche Gefühle, glaube ich. Sie wollte zunächst nur freundlich und charmant sein. Als Gegenleistung für meine Hilfe mit dem Fahrrad lud sie mich auf einen Drink in ihr Ferienhaus ein. Für uns beide war klar, dass wir uns unbedingt wiedersehen wollten. Es knisterte gewaltig zwischen uns.«

»Die Details können Sie weglassen«, erwiderte die Kommissarin. »Uns interessiert vor allem, wie Ihre Fingerabdrücke auf die Terrassentür kamen.«

»Meine Frau hat Schlafprobleme«, begann der Verdächtige. Er fuhr fort: »Sie nimmt meistens Tabletten, um überhaupt ein Auge zubekommen zu können. Tagsüber steht sie dann meist ziemlich neben sich, und ihr Bedürfnis nach körperlicher Nähe geht seit Sophias Geburt gegen null. Auf jeden Fall könnte man nachts eine Kanone neben dem Bett abfeuern, sie würde trotzdem nicht aufwachen.«

»Also haben Sie sich nachts zu Ihrer Geliebten geschlichen?«

»Ja, Herr Witte. Sie können mich ruhig für einen Dreckskerl halten, aber zwischen Luisa und mir gibt es echte Gefühle. Ich kann nicht aus meiner Haut, ich bin schließlich auch nur ein Mann.«

»Das haben wir allmählich begriffen«, gab Antje leicht gereizt von sich. Sie hakte nach: »Eine Sache ist mir noch unklar: Warum sind Sie nicht durch die Eingangstür ins Haus der von Schwanenhagens gegangen, anstatt wie ein Dieb hintenherum über die Terrasse zu kommen?«

»Luisa wollte es so, Frau Fedder. Sie hielt nichts davon, dass ich an der Tür läuten wollte. Sie sagte, dadurch könnte ihr Bruder auf unser Verhältnis aufmerksam werden. Richard würde angeblich niemals einfach so ins Schlafzimmer seiner Schwester kommen. Aber wenn vorne die Klingel betätigt wird, hätte er das natürlich nicht überhört, trotz seiner Krankheit.«

Antje horchte auf.

»Ihnen ist also bekannt, dass Richard von Schwanenhagen am Usher-Syndrom litt?«

»Ich weiß nicht, wie die Krankheit heißt«, erwiderte Grote. »Luisa erwähnte nur, dass ihr Bruder neben seiner kindlichen Art außerdem an einer Erbkrankheit leiden würde, die Sehkraft und Hörvermögen angreift. Sie sagte, dass seine Augen zum Glück noch ganz gut seien und hauptsächlich seine Ohren betroffen wären.«

Die Inselpolizistin schüttelte den Kopf.

»Ich finde Ihre Aussage ziemlich widersprüchlich, Herr Grote. Einerseits behaupten Sie, in Luisa von Schwanenhagen verliebt zu sein. Andererseits jagen Sie den Bruder dieser Frau und wollen ihn sogar bei uns anzeigen.«

»Zu dem Zeitpunkt wusste ich nicht, dass Richard in dem Clownskostüm steckt«, behauptete der Verdächtige. »Luisa hat mir Fotos von ihm gezeigt, auf denen er nicht geschminkt war und keine alberne Verkleidung trug. Erst bei unserem Treffen gestern Nachmittag erwähnte sie, dass ihr Bruder in seiner Montur ermordet wurde. Sie war am Boden zerstört, ich musste sie trösten.«

»Also haben Sie gelogen«, stellte Roland klar. »Sie haben gar keinen Bootsausflug gemacht, sondern waren bei Ihrer Geliebten.«

»Ich bin wirklich kurz in See gestochen, um den Kopf frei zu bekommen. Dann habe ich mein Schlauchboot wieder an Land gezogen und bin durch die Dünen hintenherum zu Luisas Ferienhaus gegangen.«

Die Kommissarin hörte sich diese neueste Version geduldig an. Dann sagte sie: »Es könnte auch anders gewesen sein, Herr Grote. Wenn Sie angeblich so feinfühlig sind, werden Sie begriffen haben, dass Luisa immer für ihren Bruder da sein muss. Er war wie ein Kind, konnte im Leben nicht allein zurechtkommen. Wenn Sie Luisa für sich haben wollten, gab es nur eine Möglichkeit: Richard musste verschwinden, und zwar für immer!«

Grote musste sich beherrschen, um nicht aufzuspringen. Er packte mit beiden Händen die Sitzfläche des Stuhls, auf dem er Platz genommen hatte. Seine Fingerknöchel traten weiß hervor, so fest griff er zu.

»Halten Sie mich für ein Monster? Natürlich wusste ich, dass Luisa alles für ihren Bruder getan hätte. Warum hätte ich ihr Kummer bereiten sollen? Ich war glücklich in ihren Armen, ich habe mich seit langer Zeit endlich wieder als ein Mann gefühlt!«

Antje musterte den Verdächtigen. Seine Empörung schien echt zu sein, obwohl das kein Beweis für seine Unschuld war. Sie hatte es auch schon erlebt, dass Verbrecher es als eine Zumutung empfanden, wenn ihnen ihre Missetaten nachgewiesen wurden. Manche von ihnen waren sogar der

Meinung, die Gesetze würden für sie nicht gelten. Diese Nüsse waren am härtesten zu knacken. Aber wie war Grote einzuschätzen? Die Kommissarin führte sich vor Augen, dass seine Verfolgung des vermeintlichen Kindesentführers letztlich ein Akt der Selbstjustiz gewesen war. Womöglich wusste er wirklich nicht, dass er den Bruder seiner adligen Geliebten tötete. Nein, in ihren Augen war dieser Mann weiterhin höchst verdächtig.

»Wo waren Sie in der Nacht von Sonntag auf Montag?«, wollte Roland wissen. »Angeblich lagen Sie ja bei Ihrer Frau im Bett. Aber wenn sie einen so festen Schlaf hat, dürfte dieses Alibi auf wackligen Füßen stehen.«

Grote senkte den Kopf, er schien sich wieder einigermaßen beruhigt zu haben.

»Ich war bei Luisa – aber bitte halten Sie meine Freundin aus Ihren Ermittlungen heraus. Sie hat schon genug Kummer.«

»Das wird nicht möglich sein«, begann Antje. Bevor sie den Satz beenden konnte, betrat Miriam Grote die Polizeiwache. Sie wirkte so wach und entschlossen wie noch nie zuvor, seit die Kommissarin sie kannte. Der Verdächtige riss die Augen auf, als er seine Ehefrau erblickte.

»Was tust du denn hier? Wo ist Sophia?«

»Unserer Tochter geht es gut, sie spielt mit dem Kind von Frau Kresse. Das ist eine Nachbarin, die zwei Häuser weiter wohnt«, sagte Miriam Grote zu ihrem Mann. Dann wandte sie sich an die Beamten: »Ich möchte eine Erklärung abgeben.«

Mit diesen Worten legte sie ein Schwanen-Amulett auf Antjes Schreibtisch.

Kapitel 10

Die Kommissare waren für einen Moment sprachlos. Das Kleinod sah genauso aus wie das andere Exemplar, das der tote Clown um den Hals hatte. Antje öffnete als Erste wieder den Mund: »Woher haben Sie dieses Schmuckstück?«

»Ich habe es gestohlen, während mein Mann friedlich in den Armen dieser adligen Schnepfe schlief«, brachte Miriam Grote mit belegter Stimme hervor. Ihr Gatte senkte den Kopf, er konnte ihr nicht in die Augen sehen.

»Möchten Sie Platz nehmen?«, bot Roland an. Miriam Grote schüttelte den Kopf.

»Nein, danke. Ich stehe lieber. Aber ich bin hierher gekommen, damit Sie mich nicht für unwissend halten. Außerdem möchte ich meinen Mann entlasten. Er hat einen miesen Charakter, aber das macht ihn noch nicht zum Mörder.«

»Miriam …«

»Halt den Mund, jetzt rede ich!«, fauchte sie. »Du hältst mich wahrscheinlich für naiv. Aber eine Frau spürt, wenn sie betrogen wird. Du warst auf einmal so verändert. Wenn du bei Sophia und mir warst, kamst du mir richtig geistesabwesend vor.«

»Das stimmt nicht, Miriam. Ihr seid immer noch die wichtigsten Menschen in meinem Leben. Aber Luisa …«

Antje fiel ihm ins Wort: »Ihre Liebesangelegenheiten sind für unsere Mordermittlungen nur indirekt interessant. – Frau Grote, wann haben Sie dieses Schmuckstück entwendet? Und vor allem – warum?«

Miriam Grote legte den Kopf in den Nacken. Sie schien einen Augenblick lang zu überlegen, bevor sie wieder den Mund öffnete: »Das war in der Nacht von Sonntag auf Montag, so kurz nach Mitternacht. Ich hatte an dem Abend extra kein Schlafmittel genommen, weil ich meinen lieben

Gatten in flagranti erwischen wollte. Er verschwand schon um kurz nach zweiundzwanzig Uhr aus unserem Schlafzimmer, konnte es vor Sehnsucht wahrscheinlich kaum noch aushalten.«

»Du hast Sophia allein gelassen!«, stieß Grote anklagend hervor. »Unsere Tochter hätte einen Alptraum bekommen und aufwachen können. Dann wärst du nicht für sie da gewesen!«

»Lenk nicht von dir selbst ab, du Heuchler«, lautete die Erwiderung der betrogenen Ehefrau. »Wenn du nicht dieser adligen Hexe verfallen wärst, würden wir jetzt gar nicht hier auf der Polizeiwache sein.«

Antje konnte Grote ansehen, dass er gerne etwas gesagt hätte. Doch es erschien ihm in diesem Moment sinnvoller, lieber den Mund zu halten. Fest stand, dass die Polizisten der Ehefrau gegenüber den Todeszeitpunkt des Opfers nicht erwähnt hatten. Miriam Grote hatte soeben ihrem Ehemann ein Alibi für den Mord gegeben. Die Kommissarin fragte: »Wie ging es weiter?«

»Ich hatte mir vorgestellt, Markus und seiner Gespielin eine richtige Szene zu machen. Zunächst musste ich ja in das Haus gelangen. Ich stellte fest, dass man es von hinten durch eine Terrassentür betreten konnte. Und dort war gleich das Schlafzimmer der adligen Dame, stellen Sie sich das vor! Die Tür hatten sie nur angelehnt. Vielleicht haben sie ja einfach vergessen, sie richtig zu schließen, was weiß ich. Jedenfalls schliefen Luise und mein Göttergatte tief und fest. Ihr Liebesspiel schien sie erschöpft zu haben. Natürlich hätte ich sie in diesem Moment wachrütteln und ihnen Feuer unter dem Hintern machen können. Doch das passt nicht zu meinem Charakter.«

Miriam Grote zögerte, bevor sie weiterredete: »Und ehrlich gesagt fürchte ich mich auch ein wenig vor Luise von Schwanenhagen. Mit dieser Frau ist gewiss nicht gut

Kirschen essen. Wenn ich sie auf der Straße gesehen habe, wirkte sie immer freundlich und lässig. Doch ich glaube, dass sie eine dunkle Seite hat. Andernfalls würde sie wohl kaum einer anderen Frau den Mann wegnehmen.«

Ihre Stimme wurde brüchig, sie kämpfte offenbar mit den Tränen.

»Vielleicht redet es sich besser, wenn ich Ihren Gatten nach nebenan bringe«, schlug Roland vor. Miriam Grote schüttelte den Kopf und tupfte sich die Tränen aus den Augenwinkeln.

»Nein, danke. Es geht schon. Und ich bin auch gleich fertig. – Jedenfalls wollte ich Markus lieber unter vier Augen damit konfrontieren, dass ich ihn durchschaut hatte. Ich brauchte einen Beweis dafür, dass ich im Schlafzimmer seiner Geliebten gewesen war. Ich knipste meine Taschenlampe an und schaute mich im Raum um. Da sah ich dieses unverwechselbare Medaillon. Ich steckte es schnell ein und verschwand. – Ich habe gestanden, Sie können mich also wegen des Diebstahls verhaften!«

Die Ehefrau schaute Antje trotzig an.

»Das wird nicht nötig sein«, gab die Inselpolizistin ruhig zurück. Gegenüber aufgebrachten Menschen half Besonnenheit am besten, das war in ihrem Beruf absolut notwendig. Sie fuhr fort: »Ich fertige jetzt ein Protokoll mit Ihrem Geständnis. Dann werde ich es Frau von Schwanenhagen freistellen, ob sie Strafanzeige gegen Sie stellen will oder nicht. Immerhin haben Sie das Diebesgut ja freiwillig bei der Polizei abgeliefert.«

»Tun Sie das«, gab die betrogene Ehefrau mit tonloser Stimme zurück. »Ich unterschreibe alles. Der Diebstahl eines Ehemanns ist ja leider völlig legal.«

»Darf ich verschwinden?«, fragte Grote. »Ich brauche dringend frische Luft, und ich möchte unsere Tochter nicht so lange bei Fremden lassen.«

»Deine Besorgnis ist wirklich rührend!«, höhnte Miriam Grote. Momentan sprach nichts dagegen, ihren Ehemann gehen zu lassen. Er machte sich so schnell wie möglich aus dem Staub. Antje tippte Miriams Angaben zum Diebstahl und den Begleitumständen in den Computer und druckte die Seiten aus. Die Ehefrau unterschrieb das Geständnis.

»Warum sind Sie eigentlich so sicher, dass Ihr Mann nicht der Mörder ist?«, wollte Roland wissen.

»Das habe ich mir zusammengereimt«, lautete die Antwort. »Ich weiß nicht, wann dieser Clown getötet wurde, doch es wird wahrscheinlich nach Einbruch der Dunkelheit gewesen sein. Oder?«

»Darüber dürfen wir keine Auskunft geben«, stellte der Kommissar klar.

»Diese Antwort werte ich als ein Ja. – Ich bin sicher, dass Markus die letzten Nächte alle bei dieser Person verbracht hat. Warum hätte er stattdessen den Clown umbringen sollen?«

***

Miriam Grote durfte ebenfalls gehen. Antje bat sie aber, sich für weitere Fragen zur Verfügung zu halten. Nachdem die betrogene Ehefrau die Polizeiwache verlassen hatte, tat die Kommissarin das Geständnis in einen Schnellhefter. Außerdem steckte sie das Medaillon ein.

»Ich nehme an, dass wir jetzt die adlige Dame aufsuchen?«, fragte Roland. Seine Kollegin nickte.

»So ist es, mein Lieber. Ich möchte mir ihre Version anhören. Außerdem sollten wir herausfinden, ob der Tod ihres Bruders etwas mit den kriminellen Machenschaften in ihrem beruflichen Umfeld zu tun haben könnte.«

»Das würde ich auch zu gern erfahren, immerhin ist uns ja gerade ein Hauptverdächtiger abhandengekommen«, erwiderte der Kommissar.

»Dann ist also Grote für dich aus dem Rennen?«, wollte Antje wissen.

Roland setzte seine Mütze auf und öffnete die Außentür. Er sagte: »Grote mag aufbrausend sein, und als ein Unschuldslamm betrachte ich ihn ganz gewiss nicht. Denk nur an seinen fortgesetzten Ehebruch, während er nach außen den Saubermann spielt. Doch ich nehme ihm schon ab, dass er in Luisa verliebt ist. Würde er wirklich ihren nahen Blutsverwandten töten? Abgesehen davon, dass seine Gattin ihm gerade ein ziemlich überzeugendes Alibi gegeben hat.«

Die Inselpolizisten verließen die Wache. Antje hatte wieder die Rufumleitung eingeschaltet, sodass sie auf dem Handy für Notfälle erreichbar war. Die beiden fuhren zum Ferienhaus der von Schwanenhagens. Dort läuteten sie vergeblich an der Tür. Roland umrundete das Haus und kehrte gleich darauf zurück.

»Die Terrassentür ist geschlossen, das Bett gemacht. Im Schlafzimmer sieht es ordentlich aus«, berichtete er.

»Ich habe durch das Küchenfenster gelinst, dort ist auch alles im grünen Bereich«, erwiderte Antje. Sie fuhr fort: »Ich versuche mal, die Dame telefonisch zu erreichen.«

Die Kommissarin tippte Luisa von Schwanenhagens Nummer in ihr Smartphone. Die Adlige nahm das Gespräch nach dem dritten Freizeichen entgegen. Im Hintergrund war das Rauschen des Meeres zu hören. Auf Juist war dieses Geräusch nicht ungewöhnlich, doch es kam Antje in diesem Moment außergewöhnlich laut vor. Luisa musste sich am Strand befinden, wahrscheinlich direkt am Spülsaum mit der Brandung zu ihren Füßen.

»Ja?«

»Hier spricht Kommissarin Fedder, Frau von Schwanenhagen. Es gibt neue Erkenntnisse, die wir gern mit Ihnen besprechen möchten.«

»Selbstverständlich, das können wir sofort erledigen. Soll ich zur Polizeistation kommen?«

»Sie sind am Strand, nicht wahr? Wir können uns auch dort treffen.«

Im Hintergrund war nun eine Männerstimme zu vernehmen. Antje wollte zu gern erfahren, mit wem die Adlige gerade unterwegs war.

»Das ist nicht nötig, ich komme gern zu Ihnen«, sagte Luisa. Es schien ihr gar nicht recht zu sein, dass die Polizisten ihren Begleiter treffen würden. Dadurch wurde Antje natürlich erst recht aufmerksam.

»Mein Kollege und ich sind nur noch einen Steinwurf weit vom Hauptstrand entfernt. Sagen Sie uns einfach, wo Sie sind!«

Die Kommissarin konnte sehr nachdrücklich sein, wenn sie wollte.

»Also gut, ich bin auf der Höhe von *Steimers Strandbar*.«

»Vielen Dank für die Information, Frau von Schwanenhagen. Wir sind in ein paar Minuten bei Ihnen.«

Mit diesen Worten beendete Antje das Telefonat. Roland schaute sie forschend an, als sie ihr Telefon wieder wegsteckte.

»Warum lächelst du denn so süffisant?«, fragte er.

»Tue ich das, mein Lieber? Nun, vielleicht liegt es daran, dass die Dame in Herrenbegleitung war und diese Tatsache gern vor uns verborgen hätte. Der Mann fragte, mit wem sie telefonieren würde, als ich mit ihr sprach.«

»Ein weiterer Liebhaber, ein Nebenbuhler für unseren wackeren Markus Grote? Das verspricht tatsächlich interessant zu werden«, meinte Roland. Die beiden überquerten die Promenade und stiegen auf einem der Holzbohlenwege zwischen den Dünen zum breiten Sandstrand hinunter. Die Strandbar war ein beliebter Treffpunkt, wo man bei Kaffee oder kühlen Drinks die Aussicht und die Musik genießen konnte.

Beim Telefonat hatte Antje allerdings nur die Brandung und das Kreischen der Möwen im Hintergrund vernommen. Daher schaute sie gar nicht erst in die Bar, sondern stapfte durch den weichen Sand direkt auf den Spülsaum zu. Nun konnte sie die vor ihr flanierenden Menschen genauer sehen, und schnell erkannte sie Luisa von Schwanenhagen. Die Dame trug eine elegante Windjacke, um ihr Haar hatte sie ein Tuch gebunden. An ihrer Seite war ein mittelgroßer Mann mit Vollbart und tief liegenden dunklen Augen. Seine Freizeitkleidung stammte zweifellos von einem Designer, für so etwas hatte Antje einen Blick. Es kam ihr so vor, als ob der Begleiter sich in einem Anzug mit Weste viel wohler gefühlt hätte. Doch das war nur ein subjektiver Eindruck.

Der Bärtige lächelte geschäftsmäßig, als die Kommissare zu ihm und Luisa traten. Antje nannte Rolands und ihren eigenen Namen. Dann fragte sie: »Und wer sind Sie?«

»Das ist Arndt Rabe, ein Kollege bei der Bernward Privatbank«, sagte Luisa schnell, wobei sie ihrem Begleiter einen nervösen Blick zuwarf.

»Ja, und außerdem bin ich ihr Ex-Freund«, sagte er. Antje ertappte sich dabei, dass sie auf seine Schuhe schaute. Sie hatten höchstwahrscheinlich die Größe dreiundvierzig.

Kapitel 11

Einen Moment lang sagte niemand etwas. Dann wandte die Kommissarin sich an die Adlige: »Es geht noch einmal um den Tod Ihres Bruders. Ich weiß nicht, inwieweit Sie in Gegenwart von Herrn Rabe …«

»Luisa hat keine Geheimnisse vor mir«, behauptete der Bärtige.

Antje erwiderte kühl: »Das mag schon sein, aber *wir* möchten mit Frau von Schwanenhagen allein sprechen. – Vielleicht trinken Sie währenddessen in der Bar eine Kleinigkeit?«

Man konnte Rabe ansehen, dass es ihm gar nicht gefiel, weggeschickt zu werden. Er fragte Luisa: »Ist das auch dein Wunsch?«

»Bitte, Arndt. Es wird nicht lange dauern.«

Das Lächeln des Mannes war nun so verkrampft, dass es eher wie eine Grimasse wirkte.

»Nun gut, dann werde ich mich mal ein wenig erfrischen.«

Der Satz klang nicht so, als ob er sich besonders darauf freuen würde. Abrupt wandte er sich ab und ging auf die Strandbar zu.

»Sie haben ihn verärgert«, stellte Luisa mit tonloser Stimme fest.

Antje machte eine unbestimmte Handbewegung.

»Das mag schon sein, aber Sie werden gewiss nicht unbedingt Ihr aktuelles Liebesleben vor Ihrem Ex-Freund ausbreiten wollen, oder?«

Und Roland ergänzte: »Wir haben nämlich mit Grote gesprochen. Und auch mit seiner Frau, die über alles informiert ist.«

Die Adlige hatte ihr Mienenspiel nun nicht mehr so gut im Griff. Nach Antjes Meinung war sie eigentlich eine Frau, die ihre unnahbare Fassade aufrechtzuerhalten verstand. Bisher war lediglich bei ihren Gefühlen für ihren Bruder eine stärkere Emotion erkennbar gewesen, was angesichts seines gewaltsamen Todes nur allzu verständlich war. Doch nun wirkte Luisa von Schwanenhagen erneut verunsichert. Ihre Stimme klang verzagt: »Sie … wissen von meiner Affäre? Und Markus' Frau hat es auch mitbekommen?«

Antje nickte und gab eine kurze Zusammenfassung von Miriam Grotes Geständnis. Dann griff sie in ihre Jackentasche und zog das Medaillon hervor.

»Frau Grote hat das Schmuckstück gestohlen, als sie nachts in Ihr Schlafzimmer eindrang«, erklärte sie. Die Augen der Adligen leuchteten, als sie das Kleinod aus den Händen der Kommissarin entgegennahm. Ihre eigenen Finger zitterten leicht.

»Sie können sich nicht vorstellen, wie viel mir dieser Schmuck bedeutet«, sagte sie. »Der Grundbesitz meiner Familie ist für alle Zeiten verloren, uns bleibt eigentlich nur noch unser guter Name – und einige wenige geerbte Kostbarkeiten. Als meine Großeltern das Baltikum verlassen mussten, konnten sie nur ein wenig Geschmeide in ihren Taschen mit sich führen.«

»Wollen Sie Strafanzeige gegen Frau Grote stellen?«, fragte Antje.

Die Adlige schüttelte den Kopf.

»Nein, ich will dieser Frau nicht noch mehr Kummer machen. Und ich hatte keineswegs vor, mich mit einem verheirateten Mann einzulassen. Aber manchmal sind die Gefühle eben stärker als jede Vernunft. Ich habe Markus in einem Moment kennengelernt, wo ich eine starke Schulter zum Anlehnen brauchte. Und jetzt, nach dem Tod meines Bruders, ist er mir wichtiger als je zuvor. Ich weiß nicht, ob er sich für seine Ehefrau oder für mich entscheiden wird. Ich hänge völlig in der Luft.«

Und was ist mit Rabe? Diese Frage lag der Ermittlerin auf der Zunge, doch zunächst wollte sie etwas anderes wissen: »Frau von Schwanenhagen, wir haben von den Ermittlungen der Frankfurter Staatsanwaltschaft gegen Ihren Arbeitgeber erfahren. Ich muss Sie fragen, ob es Dinge in Ihrer Vergangenheit gibt, die mit dem Mord an Ihrem Bruder in Zusammenhang stehen könnten.«

Luisa runzelte die Stirn.

»Glauben Sie, ich hätte diese Bluttat veranlasst, Frau Fedder? Das ist absurd.«

Roland schaltete sich ein: »Meine Kollegin hat nichts dergleichen behauptet. Es ist aber vorstellbar, dass Sie jemand unter Druck setzen wollte. Es ist kein Geheimnis, dass Ihr Bruder Ihnen viel bedeutet hat. Wer also von Ihnen etwas bekommen wollte, musste nur Richard bedrohen. Sie hätten alles getan, um ihn zu beschützen, nicht wahr?«

Die Adlige schaute den Kommissar an, als ob sie einen Geist sehen würde.

»Sie sind verrückt!«, brachte sie nach einer kurzen Pause hervor. Doch ihr Gesichtsausdruck widersprach ihren Worten. Es war eindeutig, dass Roland mit seiner Mutmaßung den Nagel auf den Kopf getroffen hatte.

»Wenn wir den Mord an Ihrem Bruder aufklären sollen, müssen Sie uns dabei helfen«, erklärte Antje mit ruhiger Stimme. Luisa verschränkte die Arme vor der Brust und zog die Schultern hoch. Sie schien plötzlich zu frieren, doch möglicherweise kam die Kälte aus ihrem Inneren.

Als sie wieder den Mund öffnete, schien sie mit sich selbst zu reden: »In meiner Branche wird mit harten Bandagen gekämpft, das ist leider richtig. Und ich wusste von einigen Transaktionen, die nicht ganz lupenrein waren. Ehrlich gesagt habe ich dem Druck einfach nicht mehr standgehalten. Ich wollte aussteigen, ohne mein Wissen preiszugeben.

Mein Ruf ist nach wie vor tadellos. Die Entscheider wissen, dass ich schweigen kann wie ein Grab.«

»Ja, ist das wirklich so?«, hakte Antje nach. »Oder wollte sich jemand Ihrer Treue versichern, indem er Richard bedrohte?«

Luisa lachte, doch sie klang weniger amüsiert als vielmehr hysterisch.

»Aber durch den Tod meines Bruders fiel doch dieses Druckmittel weg, Frau Fedder! Haben Sie das vergessen?«

»Nein, aber Richard könnte auch versehentlich ums Leben gekommen sein. Vielleicht wollte die Person ihn nur einschüchtern, und der tödliche Messerstich war gar nicht geplant.«

Antje wusste selbst nicht, ob diese Behauptung Hand und Fuß hatte. Die Spuren auf Memmert deuteten jedenfalls nicht auf eine Rauferei zwischen Mörder und Opfer hin. Es kam der Kommissarin nur darauf an, alle Möglichkeiten in Betracht zu ziehen. Die Adlige schüttelte den Kopf.

»Nein, Sie irren sich. Mein Beruf hat mit dem Mord an Richard nichts zu tun.«

Der letzte Satz hörte sich nach Antjes Meinung sehr stark nach Wunschdenken an. Sie fragte direkt: »Könnte Arndt Rabe Ihrem Bruder begegnet sein?«

»Arndt? Nein, er … so etwas würde er nie tun!«

Das wird sich zeigen, dachte Antje. Sie sagte: »Warum besucht Ihr Ex-Freund Sie auf Juist? Haben Sie ihn angerufen oder hat er mit Ihnen Kontakt aufgenommen? Sie sind ja schließlich frisch verliebt, wenn ich Ihre Gefühle für Markus Grote richtig verstehe.«

»Arndt rief mich heute an«, gab Luisa unwillig zu. »Von Richards Tod wusste er nichts, davon hat er eben gerade erst durch mich erfahren. Arndt sagte, dass seine Yacht gerade im Juister Hafen liegen würde und er mich gern sehen würde.«

Yacht? Wer über ein Boot oder Schiff verfügte, konnte sich leicht nach Memmert begeben. Diese Information hatte den Ex-Freund nur noch verdächtiger gemacht. Nun sprach Roland die Schwester des Mordopfers an: »Fanden Sie es nicht seltsam, dass Arndt Rabe direkt nach dem Tod Ihres Bruders Kontakt mit Ihnen aufgenommen hat?«

Luisa schüttelte heftig den Kopf. Doch ihr Mienenspiel strafte ihre Geste Lügen. Rabe musste gewusst oder geahnt haben, dass Richard von Schwanenhagen nicht mehr lebte. Diese Überlegung ließ ihn nur noch verdächtiger erscheinen.

»Die Polizei kann Sie vor Ihrem Ex-Freund schützen«, betonte Antje eindringlich. »Doch Sie müssen uns gegenüber die Karten auf den Tisch legen.«

»Arndt ist keine Bedrohung für mich, und er hat ganz bestimmt auch nichts mit Richards Tod zu tun«, behauptete Luisa. Doch während sie sprach, schaute sie auf die anbrandenden Wellen, anstatt den Kommissaren in die Augen zu sehen.

»Wir werden uns jetzt noch mit Herrn Rabe unterhalten«, kündigte Roland an. »Sie können sich jederzeit bei uns melden, wenn Ihnen jemand Ärger macht.«

Darauf erwiderte die Adlige nichts. Die Polizisten stapften durch den weichen Sand auf die Strandbar zu. Als sie außerhalb von Luisas Hörweite waren, sagte Antje: »Wenn Rabe für die Tatzeit kein wasserdichtes Alibi vorweisen kann, nehmen wir ihn gleich mit auf die Wache. Es ist offensichtlich, dass Frau von Schwanenhagen sich vor ihm fürchtet. Sie wird sich uns gegenüber garantiert eher öffnen, wenn er ihr nichts mehr anhaben kann.«

»Da bin ich ganz deiner Meinung«, knurrte ihr Kollege. »Ich glaube nicht an Zufälle – und es ist doch sehr seltsam, dass er gerade jetzt hier auftaucht, wo Richard nicht mehr lebt und Luisa offenbar schwach und verletzlich ist.«

Die beiden erreichten die Strandbar, wo Rabe sich in eine ruhige Ecke zurückgezogen hatte. Vor ihm stand ein bunter Cocktail. Falls die Gegenwart der Polizisten ihn nervös machte, ließ er sich das jedenfalls nicht anmerken. Er machte eine einladende Handbewegung und sagte: »Nehmen Sie doch bitte Platz! Ich würde Ihnen ja einen Drink spendieren, aber Sie sind offenbar im Dienst. Hoffentlich konnten Sie die äußerst wichtige Angelegenheit klären, bei der ich nicht anwesend sein durfte.«

Antje ging auf die ironische Art des Bankers nicht ein. Stattdessen fragte sie: »Woher wussten Sie, dass der Bruder Ihrer Ex-Freundin nicht mehr lebt?«

»Luisa hat es mir selbst mitgeteilt, nachdem ich hier eintraf, Frau Fedder.«

»Also sind Sie rein zufällig auf Juist?«, wollte Roland wissen.

»So würde ich das nicht formulieren«, erwiderte Rabe. »Mir war natürlich bekannt, dass Luisa sich ein wenig aus dem Berufsleben zurückgezogen hatte, um ihrem armen Bruder mehr Zeit widmen zu können. Aber ehrlich gesagt vermisse ich sie nicht nur als Freundin, sondern auch als Arbeitskollegin. Sie ist äußerst tüchtig und bei unserem gemeinsamen Arbeitgeber beinahe unersetzlich. Es geht nicht ohne sie, ob Sie es glauben oder nicht. Also nutzte ich ein paar freie Tage, um hier vorbeizuschauen. Ich hatte meinen Inseltrip drüben in den Niederlanden auf Schiermonnikoog begonnen. Dann lief ich den Hafen von Borkum an, und heute traf ich auf Ihrer schönen Insel ein. Ich wusste übrigens gar nicht, dass es hier eine Polizeistation gibt. Sie müssen sich auf einem so idyllischen Eiland doch schrecklich langweilen, oder? Da sind Sie gewiss auch für die kleinste Abwechslung dankbar.«

Antje hielt Rabe für einen Schwätzer, der sich selbst gern reden hörte. Doch davon ließ sie sich nicht beirren.

»Eine Mordermittlung ist für uns kein willkommener Zeitvertreib«, stellte sie klar und fuhr fort: »Warum haben Sie noch nicht erwähnt, dass Sie eine Yacht besitzen?«

»Sie erkundigten sich nicht danach, aber ein Geheimnis ist es ganz gewiss nicht. Die *Lizzie Nordlicht* ist mein ganzer Stolz«, erwiderte der Banker lächelnd. »Als Luisa mir erzählte, dass ihr Bruder ums Leben kam, beschloss ich spontan, sie zu einer kleinen Bootstour einzuladen. Was halten Sie davon? Sie sollte auf andere Gedanken kommen, finden Sie nicht auch?«

»Mich interessiert vor allem, wo Sie in der Nacht von Sonntag auf Montag gewesen sind, insbesondere zwischen Mitternacht und ein Uhr morgens«, sagte Antje. Rabe lachte.

»Wo haben Sie sich aufgehalten?«, blaffte Roland barsch.

Der Banker nahm einen Schluck von seinem Cocktail und entgegnete: »Entschuldigen Sie bitte, ich wollte mich nicht über Sie lustig machen. Sie tun gewiss alles, um dieses Verbrechen aufzuklären. Ich kann mir vorstellen, dass Ihre Mittel auf einer so kleinen Insel äußerst beschränkt sind. Wäre es nicht sinnvoll, diese Aufgabe einem richtigen Mordspezialisten zu überlassen?«

»Wollen Sie die Aussage verweigern oder erinnern Sie sich nicht?«, wollte die Kommissarin wissen.

»Natürlich weiß ich noch, wo ich gewesen bin«, behauptete Rabe. »Ich verstehe nur nicht, aus welchem Grund Sie mir den Mord an Luisas Bruder zutrauen. Ich bin ihm einige Male über den Weg gelaufen. Er war so harmlos wie ein Teddybär, konnte keiner Fliege etwas zuleide tun. Warum sollte man so einen Menschen töten?«

»Diese Frage haben Sie vorhin schon indirekt selbst beantwortet«, führte Antje dem Banker vor Augen. »Ihre Ex-Freundin hat Frankfurt offenbar nur verlassen, um für Richard da sein zu können. Jetzt, wo er nicht mehr lebt, wird sie keinen Grund für einen weiteren Aufenthalt auf Juist haben.«

»Unter diesem Gesichtspunkt habe ich die Entwicklungen noch gar nicht betrachtet«, behauptete Rabe. »Das ist ein sehr kaltherziges Kalkül, finden Sie nicht?«

»Mörder handeln ja normalerweise auch nicht aus Nächstenliebe«, stellte Roland trocken fest. »Und Sie reden immer noch um den heißen Brei herum. Wo waren Sie zur Tatzeit?«

»Wenn eine Yacht in den Hafen einläuft, wird sie beim Hafenmeister registriert«, erwiderte Rabe mit gönnerhaftem Unterton. »Sie müssen den guten Mann nur fragen. Er wird Ihnen gern bestätigen, dass die *Lizzie Nordlicht* erst heute früh auf Juist eingetroffen ist.«

»Das beweist überhaupt nichts«, stellte Antje klar. »Es ist allgemein bekannt, dass über die Ankunft und Abfahrt von Privatbooten Buch geführt wird. Sie hätten Sonntagnacht von Borkum aus Kurs auf Juist nehmen können. Wenn Sie einen Treibanker geworfen hätten und mit einem Schlauchboot an Land gegangen wären, hätte der Hafenmeister davon überhaupt nichts mitbekommen.«

»Theoretisch würde ich Ihnen recht geben, Frau Fedder. Aber die Juister Balje ist ein tückisches Gewässer, in dem ich meine *Lizzie Nordlicht* ungern unbeaufsichtigt lassen würde.«

Die Kommissarin beugte sich vor und fauchte: »Wie kommen Sie denn auf die Juister Balje zwischen Juist und Memmert? Ich habe mit keiner Silbe erwähnt, dass Richard von Schwanenhagen auf der Vogelinsel getötet wurde!«

Und Roland ergänzte: »Es gibt auch noch andere Ankergründe in der näheren Umgebung.«

Der Banker geriet nur kurz aus der Fassung, dann war er zumindest äußerlich wieder völlig gelassen: »Jeder Segler weiß, dass die Juister Balje mit Vorsicht zu genießen ist.

Und dass Richard auf Memmert ums Leben kam, hat seine Schwester mir verraten. – Da Sie ja doch keine Ruhe geben, will ich Ihnen gern ein Alibi liefern: Sonntagabend gegen dreiundzwanzig Uhr war ich auf Borkum bei einem Seglerkameraden eingeladen. Sein Name ist Dr. Sievers, ihm gehört die *Viking Soul.* Es gab einen Umtrunk, an dem auch einige andere Sportkapitäne teilnahmen. Wir saßen bis halb zwei Uhr morgens zusammen. Dr. Sievers bleibt noch einige Tage auf Borkum. Er und die anderen Zeugen werden bestätigen, dass ich zwischen Mitternacht und ein Uhr mit ihnen zusammen war.«

Die Kommissarin notierte sich die Angaben und fragte: »Das ist eine präzise Auskunft. Warum haben Sie so lange gezögert, diese Angaben zu machen?«

»Ich wollte mich zunächst darüber amüsieren, wie Sie hier auf Ihrer kleinen Insel ein schweres Verbrechen aufzuklären versuchen«, gab Rabe hämisch grinsend zurück. Das war eine ziemlich freche Bemerkung. Doch bevor Antje darauf reagieren konnte, klingelte ihr Smartphone.

Kapitel 12

Sie trat ein paar Schritte zur Seite, um in Ruhe telefonieren zu können. Die Kommissarin hielt sich mit der freien Hand das andere Ohr zu, denn in der Strandbar wurde fröhlicher Sommer-Pop gespielt. Hinzu kam das Stimmengewirr der anderen Gäste, die ihre Drinks vor dem Nordsee-Panorama genossen. Antje meldete sich mit Namen und Dienstgrad.

»Hier spricht Oberkommissar Haffner«, sagte der Anrufer. »Ich arbeite in der Abteilung für Wirtschaftskriminalität im Landeskriminalamt. Es geht um die SIM-Card, die Sie uns geschickt haben.«

»Ja, was ist damit?«

»Zunächst möchte ich mich bei Ihnen bedanken, Frau Fedder – vor allem im Namen der Frankfurter Staatsanwaltschaft. Dorthin haben wir die Informationen von dem Datenträger nämlich weitergeleitet. Haben Sie mitbekommen, dass dort bereits gegen die Bernward Privatbank ermittelt wird?«

»Ja, ich hörte davon.«

»Ich will nicht zu sehr ins Detail gehen, aber bei den Informationen auf der SIM-Card handelt es sich um interne Geschäftsvorgänge dieses Kreditinstituts. Mindestens die Hälfte der Vorgänge deutet auf gewerbsmäßigen Betrug hin.«

Nun begriff Antje, warum Luisa von Schwanenhagen den Datenträger unbedingt hatte zurückhaben wollen. Sie hakte nach: »Sind dort auch Namen von Personen verzeichnet, die etwas mit diesen Machenschaften zu tun haben?«

»Das trifft zu, Frau Fedder.«

Der Kollege vom Landeskriminalamt erwähnte einige Personen, deren Namen der Kommissarin nichts sagten. Doch er erwähnte auch Luisa von Schwanenhagen und Arndt Rabe.

»Wir befragen Herrn Rabe momentan im Rahmen einer anderen Ermittlung«, teilte Antje dem Oberkommissar mit. Sie dämpfte ihre Stimme, damit der Banker nichts von ihrem Telefonat mitbekam.

»Könnten Sie den Verdächtigen gleich verhaften?«, bat Haffner. »Aufgrund dieser brisanten Informationen auf der SIM-Card besteht Flucht- und Verdunkelungsgefahr. Ich würde mich darum kümmern, dass er heute noch von Juist ausgeflogen und nach Frankfurt überstellt wird.«

Es gibt nichts, was ich lieber täte, dachte Antje. Sie sagte: »Das wird umgehend geschehen, Herr Haffner. Ich melde mich wieder bei Ihnen, sobald die Aufgabe erledigt ist.«

Mit diesen Worten beendete sie das Telefonat. Dann näherte sie sich wieder dem Tisch des Bankers und löste schon mal die Handschellen von ihrem Koppel.

»Herr Rabe, Sie sind verhaftet«, sagte sie laut. »Sie haben das Recht zu schweigen, müssen sich nicht selbst belasten und können einen Rechtsbeistand hinzuziehen.«

Das spöttische Grinsen verschwand von seinem Gesicht.

»Sind Sie verrückt geworden? Sie haben mein Alibi noch gar nicht gecheckt!«, begehrte er auf.

»Wir nehmen Sie nicht unter Mordverdacht, sondern wegen Ihrer Beteiligung an gewerbsmäßigem Betrug fest. – Roland, durchsuchst du ihn bitte?«

Unter den neugierigen Blicken der Urlauber überzeugte der Kommissar sich davon, dass der Banker keine Waffen oder gefährliche Gegenstände in seinen Taschen hatte. Dann schlossen sich die Handschellen um seine Gelenke. Rabe hatte es zunächst die Sprache verschlagen. Erst auf dem Weg zur Polizeistation begann er zu reden: »Sie machen einen schweren Fehler, das werden Sie noch bereuen.«

»Solche Drohungen hören wir öfter«, gab Antje trocken zurück. »Und wir werden selbstverständlich Ihr Alibi überprüfen, Herr Rabe. Aber mit der Betrugsermittlung haben wir nichts zu tun, die ist wahrscheinlich zu anspruchsvoll für uns kleine Inselpolizisten.«

Darauf sagte der Banker nichts mehr. Er schwieg auch noch, nachdem sich die Tür der Arrestzelle hinter ihm geschlossen hatte. Roland lächelte und gab Antje einen Kuss auf die Wange.

»Spinnst du? Wir sind im Dienst!«

»Das musste jetzt einfach mal sein«, behauptete der Kommissar. »Es war einfach köstlich, wie du Rabe Kontra gegeben hast. Seine Ironie ist ihm im Hals steckengeblieben. – Aber was hast du denn nun am Telefon erfahren?«

Seine Kollegin gab ihm die Kurzfassung, während sie Wasser für einen Tee aufsetzte. Den hatten die beiden sich jetzt redlich verdient.

»Gut, wir haben also diesen sauberen Herrn auf jeden Fall schon mal hinter Gittern«, stellte Roland fest. »Jetzt müssen wir nur noch herausfinden, ob sein Alibi für die Tatzeit wasserdicht ist.«

»Ich ruf mal die Kollegen auf Borkum an«, meinte Roland und griff zum Telefonhörer. »Sie sollen persönlich mit diesem Seglerfreund Dr. Sievers sprechen.«

Während sie wenig später Tee tranken, nahm Antje mit Haffner Kontakt auf und berichtete von der erfolgreichen Festnahme. Der Oberkommissar wollte persönlich gemeinsam mit einem Kollegen nach Juist fliegen, um den Verdächtigen zu übernehmen. Nun mussten sie nur noch auf die Bestätigung des Alibis warten.

»Lass uns essen gehen«, schlug Roland vor. »Wir schalten wieder die Rufumleitung ein, hier kommen wir momentan sowieso nicht weiter.«

Antje war einverstanden. Sie gingen diesmal in die *Küchenwerkstatt* am Kurplatz. Die Kommissarin entschied sich für eine belgische Waffel mit Kirschen und Puderzucker, Roland wollte einen Cheeseburger mit Pommes frites.

»Es sieht ganz so aus, als ob wir unseren Mörder geschnappt hätten«, meinte er, nachdem die Bedienung sich wieder entfernt hatte.

»Ganz so optimistisch bin ich noch nicht, mein Lieber. Selbst wenn Rabe den Bruder seiner Ex-Freundin erstochen hätte – aus welchem Grund sollte er am nächsten Tag zurückkehren und das Messer in Harms Küchentisch rammen? Vor allem wird dies tagsüber geschehen sein, während der Inselvogt bei uns auf Juist war. Die Gefahr, erwischt zu werden, war also viel größer.«

»Womöglich wollte Rabe den Verdacht auf den Vogelwärter lenken«, schlug der Kommissar vor.

»Das ergibt überhaupt keinen Sinn. Der Mörder musste damit rechnen, dass Harm den Fund des Messers bei der Polizei meldet. – Ich sage es nicht gern, aber wir sollten Harm Pommer noch einmal gründlich unter die Lupe nehmen.«

»Diese Worte aus deinem Mund?«, wunderte Roland sich. »Ich dachte, du hältst deinen heimlichen Verehrer für komplett unschuldig.«

»Verdirb mir nicht meine gute Laune, Rollo! – Ja, den Mord selbst hat Harm garantiert nicht begangen. Du hast doch die Fußspuren des Täters mit eigenen Augen gesehen. Dennoch spielt der Vogelwärter womöglich eine größere Rolle, als wir bisher angenommen haben. Und es muss einen überzeugenden Grund dafür geben, dass Richard von Schwanenhagen ausgerechnet auf Memmert sterben musste!«

»Wir haben möglicherweise einen entscheidenden Punkt übersehen«, räumte Roland selbstkritisch ein. Nach dem Essen kehrten die beiden zur Dienststelle zurück. Antje hatte inzwischen eine Mail von der technischen Abteilung des

Landeskriminalamtes bekommen. Es war den Spezialisten tatsächlich gelungen, eine höherwertigere Vergrößerung vom Foto des Clown-Verfolgers anzufertigen.

»Schau dir das an, Roland!«, sagte die Kommissarin, während sie das Bild auf ihrem Computer öffnete. Sie fuhr fort: »Immerhin lässt sich nun die untere Gesichtshälfte des Verdächtigen gut erkennen.«

»Und dieses Indiz entlastet Rabe eindeutig«, meinte ihr Kollege. Er hörte sich enttäuscht an.

Antje nickte grimmig und sagte: »Ja, der Investmentbanker hat ein kantiges Kinn wie ein Nussknacker. Aber die Kinnlinie dieses dunklen Kapuzenmanns ist rundlich.«

Roland erwiderte: »Wir sollten uns mit dem Gedanken anfreunden, dass dieser Kerl auf dem Bild überhaupt nicht in das Verbrechen verwickelt ist. Vielleicht ist das nur ein harmloser Tourist, der spazieren geht.«

»Du kannst mir richtig Mut machen«, gab die Kommissarin seufzend zurück. Doch ihr war selbst klar, dass sich die unterschiedlichen Kopfformen von Rabe und dem Unbekannten nicht einfach wegdiskutieren ließen.

Wenig später erfolgte ein Anruf von Haffner. Der LKA-Oberkommissar teilte Antje mit, dass er in zwei Stunden auf dem Insel-Flugplatz eintreffen würde, um Rabe abzuholen.

»Ich brauche dringend frische Luft«, behauptete Roland, nachdem seine Kollegin ihm vom Inhalt des Telefonats berichtet hatte. »Was hältst du davon, wenn ich unseren Verdächtigen zum Flughafen bringe, während du Pommers Vergangenheit durchleuchtest?«

»Ja, das können wir so machen«, erwiderte die Kommissarin. Roland nahm Kontakt mit Jannik Bronk auf. Der Fuhrunternehmer hatte die Inselpolizisten schon öfter unterstützt. Der Kommissar wollte Rabe in einer Kutsche transportieren, da den Beamten auf dem autofreien Eiland kein Fahrzeug zur Verfügung stand. Er konnte ja den

Verdächtigen nicht auf dem Gepäckträger seines Fahrrads fortschaffen.

Nachdem Roland und Rabe verschwunden waren, suchte Antje nach Informationen über Harm Pommer. Sie fand bemerkenswert viele Hinweise auf den schweigsamen und verschlossenen Mann. Die Lokalzeitung hatte sogar einen Artikel über ihn veröffentlicht, als er vor einigen Jahren die Stelle als Vogelwärter angetreten hatte. Allerdings konnte sie keine Verbindungen zu Richard von Schwanenhagen erkennen. Das Telefon klingelte erneut. Antje nahm den Hörer ab.

»Moin, Sie sprechen mit der Polizeistation Juist, mein Name ist Fedder. Was kann ich für Sie tun?«

»Moin, hier spricht Grietje«, sagte die Borkumer Kollegin Polizeimeisterin Smit. Sie fuhr fort: »Wir sollten für euch das Alibi eines gewissen Arndt Rabe überprüfen.«

»Und? Was habt ihr herausgefunden?«

»Der Kerl hat die Wahrheit gesagt. Wir haben uns mehrere von seinen Seglerfreunden zur Brust genommen, mit denen er gezecht haben will. Und wir wiesen sie auf die Konsequenzen von Falschaussagen bei einer Mordermittlung hin. Ich schätze, den Zeugen ist das Herz in die Hose gerutscht. Aber sie blieben alle bei der Behauptung, dass Rabe in der Nacht von Sonntag auf Montag zwischen Mitternacht und ein Uhr morgens bei ihnen war.«

Antje seufzte.

»Ja, das lässt sich wohl nicht ändern. Danke, Grietje.«

»Immer wieder gern.«

Mit diesen Worten legte die Borkumer Kollegin auf. Antje vertiefte sich in ihre eigenen Aufzeichnungen. Rabe konnte also die Tat unmöglich begangen haben – doch wer war für Richards Tod verantwortlich? Über diese Frage rätselte sie immer noch, als einige Zeit später ihr Kollege zurückkehrte.

»Ich soll dich ganz herzlich von Oberkommissar Haffner grüßen«, sagte Roland. »Rabe befindet sich jetzt in der Obhut des Landeskriminalamts. Der Flieger ist bereits in der Luft. Unser Wirtschaftskrimineller soll noch heute nach Frankfurt überstellt werden.«

»Dann kann man ihm wenigstens wegen seiner Verfehlungen bei der Bernward Privatbank den Prozess machen«, meinte Antje und fügte hinzu: »Als Mordverdächtiger ist er jedenfalls aus dem Schneider.«

Sie berichtete, was sie von der Borkumer Kollegin erfahren hatte. Roland klopfte ihr auf die Schulter und sagte: »Ich hätte dem Kerl glatt einen Mord zugetraut, doch an den Fakten kommen wir nicht vorbei. Immerhin weiß ich jetzt, woher Rabe von dem Mord an Richard von Schwanenhagen wusste.«

»Mach es nicht so spannend!«

»Auf der Fahrt zum Flugplatz war der Banker in Plauderlaune. Wahrscheinlich hat er sich gedacht, dass wir früher oder später sowieso herausfinden werden, woher er seine Informationen hat. Er gab mir gegenüber zu, auf dem Smartphone seiner Ex-Freundin heimlich eine Spionage-Software installiert zu haben. Und als sie nach dem Tod ihres Bruders einem Bestatter eine Mail schickte, um die Beerdigung vorzubereiten, las Rabe natürlich mit.«

»Was für ein Dreckskerl!«, stieß Antje empört hervor. »Wahrscheinlich spekulierte er darauf, dass sie nach diesem Schicksalsschlag eine Schulter zum Ausweinen sucht. Er konnte ja nicht wissen, dass Luisa bereits einen neuen Freund hat. Es sei denn, dass er durch die Spionage-App auf dem Handy davon Wind bekommen hat.«

»Wenn Richard nicht die Angewohnheit gehabt hätte, ständig Gegenstände mitgehen zu lassen, wären wir nie auf diese Wirtschaftsermittlung gestoßen«, stellte Roland trocken fest. Er fügte hinzu: »Übrigens wird sich auch Luisa wegen dieser Machenschaften verantworten müssen. Haffner meinte allerdings, dass wir sie nicht verhaften müssen, weil bei ihr weder Flucht- noch Verdunkelungsgefahr besteht.«

»Umso besser, die arme Frau ist durch den Tod ihres Bruders genug gestraft.«

»Da sind wir einer Meinung, Antje. Konntest du noch mehr über Pommer herausfinden?«

»Nichts, was uns wirklich weiterbringen würde«, antwortete sie. »Kindheit im Waisenhaus, Realschule, Zeitsoldat bei der Bundesmarine an Bord des Zerstörers *Iserlohn*, Tätigkeit beim Fährterminal, Liebe zur Natur und zu den Vögeln … das sind lauter Details, die uns bei der Suche nach Richards Mörder nicht weiterbringen!«

»Dann müssen wir uns auf den Unbekannten mit dem runden Kinn konzentrieren, eine bessere Spur haben wir nicht«, sagte der Kommissar. »Ich halte es für unwahrscheinlich, dass der Mörder mit Begleitung angereist ist. Falls er sich noch auf Juist befindet, müssten wir die alleinstehenden Herren unter den Touristen überprüfen.«

Da jeder Besucher der Insel einen Gästebeitrag bezahlen musste, der auf seiner *Töwercard* verbucht wurde, konnten die Ermittler mithilfe der Touristinformation die Namen und Ferienunterkünfte der Reisenden herausfinden. Die beiden begaben sich zum Rathaus, wo sich eine der beiden Anlaufstellen der Touristinformation befand. Dort stießen sie beinahe mit der Bürgermeisterin zusammen.

»Ich hoffe, Sie kommen mit Ihrer Suche nach dem Täter voran«, sagte Silke Meester kühl. Sie war offenbar immer noch eingeschnappt, weil ihrer Meinung nach die Juister Polizisten den Fall gar nicht erst hätten bearbeiten dürfen. Doch Roland schenkte ihr ein strahlendes Lächeln.

»Oh, mehr als das, Frau Meester! Wir bleiben nicht nur bei dieser Ermittlung am Ball, sondern konnten der Frankfurter

Staatsanwaltschaft noch nebenbei einen hochkarätigen Wirtschaftskriminellen zuführen.«

Die Amtsträgerin riss die Augen auf.

»Wirklich, Herr Witte?«

Der Kommissar zuckte lässig mit den Schultern und sagte: »Es würde mich nicht wundern, wenn heute oder morgen in den Medien eine Meldung über die Verhaftung dieses Verbrechers auf Juist verbreitet wird.«

Silke Meester war wie ausgewechselt.

»Ich hatte niemals Zweifel an der Effizienz unserer Polizei«, flötete sie. »Nun will ich Sie aber nicht länger von Ihren Dienstobliegenheiten abhalten. Ich wünsche noch einen schönen Tag!«

Mit diesen Worten drehte sie sich auf dem Absatz um und eilte zu ihrer Amtsstube. Sie schien förmlich zu schweben. Antje musste schmunzeln und flüsterte: »Wie kommst du nur darauf, dass es Berichte über Rabes Verhaftung geben könnte?«

Roland antwortete: »Unmöglich ist das nicht, oder? Die Journalisten saugen sich doch zu den absonderlichsten Themen Reportagen aus den Fingern. – Nun wollen wir uns aber wieder dem Ernst der Lage widmen.«

Die beiden gingen zur Touristinformation und brachten ihr Anliegen vor. Eine der hilfsbereiten Damen druckte eine Liste von Touristen männlichen Geschlechts aus, die aktuell auf Juist für sich allein eine Unterkunft gebucht hatten.

»Einhundertzwölf Verdächtige!«, stellte der Kommissar fest, nachdem sie das Rathaus wieder verlassen und sich die Aufstellung genauer angeschaut hatten.

»Irgendwo müssen wir ja anfangen«, sagte Antje. »Zum Glück wohnen gleich drei dieser Herren im *Hotel Atlantic*.«

Sie fuhren zu dem beliebten Beherbergungsbetrieb hinüber, der sich nicht weit vom Rathaus in der Wilhelmstraße befand. Sie trafen die Urlauber tatsächlich an, konnten sie aber schnell ausschließen. Einer von ihnen hatte einen dichten Vollbart, der Zweite sah von der Kinnpartie her dem Foto des Unbekannten überhaupt nicht ähnlich. Und der dritte Hotelgast war so hochbetagt und gebrechlich, dass Antje und Roland ihm eine Verfolgung des Clowns schlicht nicht zutrauten.

Sie arbeiteten ihre Liste weiter ab und versahen einige Namen mit Fragezeichen. Doch bis zum Abend hatten sie noch nicht einmal ein Drittel geschafft.

»Vielleicht verplempern wir hier nur unsere Zeit«, meinte der Kommissar, »aber das ist wohl momentan unser einziger Ermittlungsansatz.«

»Morgen ist auch noch ein Tag, dann sieht die Welt schon wieder anders aus«, gab seine Kollegin zurück. Sie waren beide enttäuscht und gereizt. Daher beschlossen sie, den Abend getrennt voneinander zu verbringen. Andernfalls würden sie sich noch wegen einer Nichtigkeit streiten, und daran hatte keiner von ihnen Interesse. Nachdem Antje sich in ihre Privaträume zurückgezogen hatte, machte sie sich ein paar belegte Brote und schaute desinteressiert eine Liebesschnulze im TV an. Ihr Unterbewusstsein befasste sich immer noch mit dem aktuellen Fall, doch außer der Kapuzengestalt fiel ihr kein Verdächtiger mehr ein. Aber warum hätte dieser Mann Richard von Schwanenhagen töten sollen, und zwar ausgerechnet auf der Vogelinsel?

Später legte sie sich ins Bett und schlief wider Erwarten vor lauter Erschöpfung schnell ein. Das Schrillen des Telefons riss Antje aus dem Schlaf. Ihr Wecker zeigte null Uhr drei an. Sie griff sich ihr Smartphone, das auf dem Nachtschrank lag: »Polizei Juist, mein Name ist Fedder. Was können wir für Sie tun?«

Antje erkannte Luisa von Schwanenhagens Stimme sofort: »Sie – müssen kommen! Ich wurde überfallen, und – ich glaube, er lebt nicht mehr!«

Kapitel 13

Die Kommissarin war schlagartig hellwach. Sie schwang die Beine aus dem Bett, während sie weiterhin mit der aufgeregten Adligen telefonierte: »Bleiben Sie bitte ruhig, Frau von Schwanenhagen. Von wem sprechen Sie?«

»Ich weiß nicht, wie der Mann heißt. Er ist bei mir eingebrochen und hatte ein Messer. Wenn Markus nicht gewesen wäre – mein Freund hat den Kerl niedergeschlagen. Und er rührt sich nicht mehr!«

»Wir kommen sofort zu Ihnen. Haben Sie bereits einen Arzt verständigt?«

»Nein, ich …«

»Gut, dann kümmern wir uns darum.«

Mit diesen Worten beendete Antje das kurze Gespräch. Sie rief sofort Roland an. Ihr Kollege klang zwar verschlafen, als er sich meldete. Doch als sie ihm berichtete, was sie erfahren hatte, änderte sich sein Tonfall sofort.

»Ich fahre gleich zu der Dame!«, kündigte er an.

»Gut, dann treffen wir uns dort«, sagte die Kommissarin. »Ich gebe nur noch Dr. Behrens Bescheid, dann mache ich mich ebenfalls auf den Weg.«

Antje alarmierte einen der Badeärzte, die es auf Juist gab. Er besaß einen der wenigen PKWs auf der autofreien Insel, um möglichst schnell zu seinen Patienten kommen zu können. Sie schilderte ihm die Lage und nannte die Adresse des Ferienhauses. Der Mediziner versprach, sofort loszufahren.

Die Polizistin schlüpfte schnell in ihre Uniform, rannte die Treppe hinunter und jagte im Eiltempo ihrem Ziel entgegen. Die Reifen ihres Fahrrades sirrten auf der regennassen Straße, und der Lichtstrahl ihrer Lampe zerschnitt wie eine fahle Messerklinge die Finsternis. Die nächtliche Stille der kleinen Insel war für Antje nichts Ungewöhnliches, sie kannte diese Ruhe von Kindesbeinen an. Während ihrer Zeit auf dem Festland war es ihr unerklärlich vorgekommen, dass eine Stadt sogar in den tiefsten Nachtstunden niemals wirklich auf Geräusche verzichten konnte. Hier war nur das immerwährende Meeresrauschen zu hören, und das nahm sie kaum noch bewusst wahr.

Im Handumdrehen hatte sie das Ferienhaus erreicht. Alle Räume waren hell beleuchtet. Luisa von Schwanenhagen wartete bereits an der Haustür. Sie trug einen Morgenmantel.

»Ich bin wohl vorhin am Telefon ein wenig hysterisch gewesen«, sagte sie zur Begrüßung und fügte hinzu: »Der Mann scheint doch nicht tot zu sein.«

»Ein Arzt wird gleich eintreffen«, versprach Antje. Noch bevor sie den Satz richtig beendet hatte, vernahm sie das ungewohnte Geräusch eines Automotors. Gleich darauf war das Klappen einer Autotür zu hören. Dr. Behrens eilte mit seiner Tasche in der Hand auf die beiden Frauen zu.

»Ich gehe voraus«, kündigte die Adlige an. Sie führte Antje und den Mediziner in ihr Schlafzimmer. Dort lag ein Mann auf dem Boden, den die Polizistin noch niemals zuvor gesehen hatte. Sein Hinterkopf wurde von einer blutenden Platzwunde verunziert. Ein großes Messer lag auf dem Nachtschrank. Vermutlich hatte Luisa oder ihr Liebhaber es ihm abgenommen.

Der Fremde trug eine dunkle Jeans und eine schwarze Kapuzenjacke. Seine Turnschuhe hatten vermutlich Größe dreiundvierzig. Antje schaute sich sein Gesicht genauer an und stellte fest, dass die Kinnlinie jener auf dem vergrößerten Foto stark ähnelte. Offenbar war der Verletzte bewusstlos. Jemand musste ihn in die stabile Seitenlage gedreht haben. Nun bemerkte Antje auch Grote. Er war nur mit Boxershorts bekleidet und lehnte am Bad-Türrahmen. Die Polizistin trat zur Seite, um den Arzt ungestört arbeiten zu lassen. Nun kam auch Roland hereingestürmt. Seine Kollegin nickte ihm zu und wandte sich an Luisa von Schwanenhagen: »Bitte erzählen Sie möglichst genau, was sich ereignet hat.«

Die Adlige deutete auf die Terrassentür: »Ich wachte auf, weil ich ein knackendes Geräusch hörte. Also schaltete ich die Nachttischlampe ein. Da sah ich, dass dieser Mann die Tür aufgebrochen hatte und mit einem Messer in der Hand näher kam. Ich war vor Schreck wie gelähmt, konnte aber wenigstens um Hilfe rufen. Plötzlich kam Markus herbeigestürzt und schlug den Einbrecher nieder, bevor er mich anrühren konnte.«

Grote ergänzte: »Ich war kurz zuvor aufgewacht, weil ich zur Toilette musste. Als ich im Bad war, hörte ich Luisa schreien. Ich spürte, dass etwas Schreckliches passiert sein musste. Also rannte ich zurück ins Schlafzimmer. Auf dem Bügelbrett stand ein Bügeleisen. Ich griff es mir instinktiv im Vorbeilaufen und schlug den Kerl damit nieder.«

Er zeigte auf das Haushaltsgerät, an dessen metallener Kante deutliche Blutspuren zu sehen waren. In diesem Moment ertönte ein lautes Stöhnen. Der Eindringling kam wieder zu Bewusstsein.

»Ist Ihnen schwindlig? Haben Sie Sehstörungen?«, wollte Dr. Behrens von ihm wissen. Der Mann murmelte etwas Unverständliches und wollte aufstehen, doch nun schob sich der Kommissar in sein Blickfeld.

»Sie bleiben schön liegen, Freundchen. Ich will Sie zunächst nach Waffen oder gefährlichen Gegenständen durchsuchen.«

Der Verbrecher zögerte. Er schien seine Chancen abzuwägen. Doch das Zimmer war voller Menschen, davon zwei in Polizeiuniform. Er schien zu kapieren, dass Widerstand momentan keinen Sinn hatte. Jedenfalls machte er keinen Ärger, während Roland seine Taschen ausleerte. Neben einigem Krimskrams fand der Inselpolizist eine Brieftasche, in der ein Personalausweis steckte. Roland schaute sich das Dokument näher an: »Norbert Grieser aus Elmshorn – wieso dringen Sie bewaffnet in dieses Haus ein?«

Der Verbrecher gab keine Antwort. Mürrisch schaute er zur Seite, die Arme verschränkte er vor der Brust. Seine Körpersprache drückte Verweigerung und Abwehr aus. Aber die Fakten waren eindeutig genug, um seine Festnahme zu rechtfertigen. Dr. Behrens kniete neben Grieser und reinigte die Kopfverletzung. Danach verpasste er seinem schweigsamen Patienten einen Verband.

»Die Platzwunde müsste eigentlich genäht werden«, sagte der Arzt.

»Ich hab was gegen Nadeln«, behauptete Grieser.

Der Mediziner erhob sich aus seiner knienden Stellung. »Anzeichen für eine Gehirnerschütterung sehe ich nicht. Melden Sie sich, falls sich bei dem Herrn noch Komplikationen ergeben.«

Mit diesen Worten verabschiedete Dr. Behrens sich von den Kommissaren. Antje wandte sich an Grote: »Warum sind Sie überhaupt schon wieder hier?«

»Meine Frau hat mich vor die Tür gesetzt, sie braucht Zeit zum Nachdenken. Und ich wollte nicht abreisen, ich will ja auch meine Tochter weiterhin sehen. Wir wissen noch nicht, wie es jetzt weitergehen soll.«

Die gefühlsmäßigen Verwicklungen dieser Menschen waren der Ermittlerin gleichgültig. Doch sie erkannte, dass Luisa von Schwanenhagen ihrem Liebhaber wahrscheinlich ihr Leben verdankte. Grieser hatte das Messer gewiss nicht mit sich geführt, um Salami zu schneiden. Und von einer spontanen Zufallstat ging sie ebenfalls nicht aus. Neben der Terrassentür lag ein kleines Stemmeisen. So einen Gegenstand führte normalerweise kein Juist-Urlauber mit sich.

»Wir nehmen den Einbrecher mit auf die Wache«, entschied Antje. Dann wandte sie sich an Luisa und Grote: »Sie beide kommen bitte morgen früh zur Polizeistation, damit wir Ihre Aussagen aufnehmen können.«

»Ja, ist selbstverständlich«, murmelte die Adlige. Sie schien sich schon wieder beruhigt zu haben, wozu gewiss auch die Gegenwart ihres Geliebten beitrug. Grote hatte sich neben sie gestellt und den Arm schützend um ihre Schultern gelegt. Die beiden waren ein seltsames Paar, wie Antje fand. Zwischen ihnen bahnte sich offenbar mehr an als nur eine flüchtige Urlaubsaffäre. Und nicht jeder Mann hätte sich einem Messerangreifer entgegengestellt, um seine Freundin zu verteidigen. Darüber machte die Kommissarin sich keine Illusionen. Ob sie und Roland jetzt Richard von Schwanenhagens Mörder verhaftet hatten? Momentan sprach alles dafür, doch es blieben noch zu viele Fragen offen.

Roland hatte Grieser Handschellen angelegt, ohne dass der Verdächtige Widerstand leistete. Er schien zu begreifen, wann er verloren hatte. Möglicherweise zeigte auch der Schlag mit dem Bügeleisen immer noch seine Nachwirkungen. Die Polizisten führten ihn durch den nächtlich stillen Ort bis zu ihrer Dienststelle. Auf dem Weg dorthin begegneten sie keiner Menschenseele, was Antje nur recht war. Die Bürgermeisterin würde noch früh genug erfahren, dass es ein weiteres Verbrechen auf der idyllischen Nordseeinsel gegeben hatte. Und die Kommissarin konnte jetzt keine Einmischungen oder Ablenkungen gebrauchen.

»Sie können es sich in unserer Arrestzelle gemütlich machen«, sagte Roland im Plauderton zu Grieser, nachdem sie das Wachlokal betreten hatten. Er fuhr fort: »Morgen früh werde ich Sie dann erkennungsdienstlich behandeln, und vielleicht möchten Sie uns mehr über Ihren Einbruch erzählen.«

Der Festgenommene gab eine unverständliche Antwort von sich. Es hörte sich nicht nach einer Freundlichkeit an. Nachdem der Kommissar Grieser in dic Zelle gesperrt hatte, kam er wieder zu seiner Kollegin nach vorn. Antje hatte inzwischen ihren Computer eingeschaltet.

»Glaubst du, dass wir den Fall nach Sonnenaufgang abschließen können?«, fragte Roland, wobei er ein Gähnen unterdrückte.

»Das wird sich zeigen, mein Lieber. Die erkennungsdienstliche Behandlung kannst du dir jedenfalls schon mal sparen.«

»Also existiert bereits eine Strafakte von Norbert Grieser?«

»Ja, ich habe sie mir gerade aufgerufen. Da ist uns ein echter Gewohnheitskrimineller ins Netz gegangen, Roland. Grieser ist mehrfach vorbestraft, wegen Körperverletzung, Unterschlagung, Erpressung, Nötigung … er scheint sich nicht auf ein Delikt spezialisiert zu haben. Und er wurde unehrenhaft aus der Bundesmarine entlassen, da hat er wohl …«

Die Kommissarin unterbrach sich selbst, kniff die Augen zusammen und beugte sich vor. Ihr Kollege trat näher und fragte: »Was ist los? Irgendetwas hat dich irritiert, oder?«

»Ja, das kann man sagen. Grieser wurde wegen tätlichen Angriffs auf einen Vorgesetzten gefeuert, aber das ist jetzt nicht so wichtig. Entscheidend ist, wo er seinen Dienst getan hat: Er war auf dem Zerstörer *Iserlohn* eingesetzt.«

Einen Moment lang herrschte Stille im Wachlokal. Dann erwiderte Roland: »Mit anderen Worten: Er war Harm Pommers Schiffskamerad!«

Kapitel 14

Natürlich wäre es auch möglich gewesen, dass die beiden Männer zu unterschiedlichen Zeiten auf dem Marinefahrzeug gedient hatten. Doch von den Zeiten her konnte es eine Übereinstimmung geben. Antje schaute sich noch einmal den Artikel an, den die Lokalzeitung über den Vogelwärter Pommer veröffentlicht hatte. Dort war die Rede davon gewesen, dass er nach dem Schulabschluss mehrere Jahre bei der Marine gewesen war. Beim Vergleich mit der Strafakte ergab sich mindestens ein Jahr gemeinsame Dienstzeit auf der *Iserlohn* für Pommer und Grieser.

»Ein Zerstörer ist kein besonders großes Militärschiff«, stellte Antje fest. »Die Wahrscheinlichkeit, dass die beiden sich persönlich kannten, ist groß. Wenn sie auf einem Flugzeugträger gewesen wären …«

»Die Bundesmarine hat doch gar keine Flugzeugträger.«

»Das weiß ich auch, Rollo. Aber du kannst dir denken, worauf ich hinauswill: Sind diese Männer Komplizen? Oder soll der Inselvogt ein weiteres Opfer des Mörders werden?«

»Dann steht für dich also fest, dass Richard von Grieser umgebracht wurde? Ich bin auch dieser Meinung, Antje. Die Fußspuren auf Memmert passen zu unserem Gast in der Arrestzelle. Wenn wir seine Turnschuhe mit den sichergestellten Abdrücken vergleichen, können wir das auch beweisen. Selbst ohne ein Geständnis kann die Staatsanwaltschaft von uns genügend Material für eine solide Mordanklage bekommen. Das Motiv ist mir allerdings immer noch ein Rätsel.«

»Das geht mir genauso«, gab die Kommissarin zu. »Lass uns versuchen, noch ein paar Stunden zu schlafen. Morgen früh nach Dienstbeginn können wir uns dann den Verdächtigen vornehmen.«

Roland war einverstanden. Sie konnte seinem Gesicht ansehen, dass Griesers Verhaftung ihn ebenso erleichterte wie sie selbst. Es war ein bedrohliches Gefühl, wenn auf Juist ein Mörder frei herumlief. Nun sprach alles dafür, dass die Polizisten ihn hinter Schloss und Riegel gebracht hatten.

Nachdem ihr Freund sich verabschiedet hatte, kehrte die Kommissarin in ihre Privaträume zurück. Doch der Schlaf wollte sich nicht so schnell einstellen. Und das lag gewiss nicht nur daran, dass im Erdgeschoss ein unheimlicher Mensch eingesperrt war. Bisher hatte noch niemand aus der Arrestzelle dieser Polizeiwache ausbrechen können. Außerdem neigte Antje nicht zu übertriebener Ängstlichkeit. Eine *Bangbüx* hatte im Polizeiberuf nichts verloren, das war zumindest ihre Ansicht. Vielmehr zerbrach sich die Kommissarin den Kopf über die Frage, weshalb Richard sterben musste und wenig später offenbar auch das Leben seiner Schwester gefährdet war. Doch eine plausible Antwort fiel ihr nicht ein. Sie konnte nur hoffen, am nächsten Morgen Antworten von Greiser zu bekommen. Oder vielleicht von Harm Pommer, wenn der Einbrecher die Aussage verweigerte.

***

Als ihr Wecker klingelte, hatte Antje tatsächlich noch ein paar Stunden geschlafen. Erholsam war die Nachtruhe trotzdem nicht gewesen. Sie fühlte sich zerschlagen und missmutig. Nach einer Dusche ging es ihr schon besser. Die Kommissarin zog eine frische Uniform an und braute einen extra starken Tee. Während sie selbst frühstückte, machte sie auch ein paar Schnitten für ihren Übernachtungsgast hinter Gittern zurecht. Vielleicht wurde Grieser zugänglicher, wenn er erst einmal etwas im Magen hatte.

Wenig später schob sie den eisernen Riegel zurück und betrat die Zelle. Es roch nach Körperausdünstungen. Der Gefangene blinzelte sie aus verklebten Augen schlaftrunken an. Er lag noch unter seiner Wolldecke.

»Moin! Stärken Sie sich, wir haben heute viel vor«, kündigte sie an, während sie das Tablett mit den Broten und einem Becher Tee auf den Schemel stellte. Der Verbrecher gab ein Grunzen von sich. Antje nahm das Geräusch als einen Hinweis darauf, dass er ihre Anwesenheit bemerkt hatte. Sie schloss die Tür wieder von außen.

Roland traf pünktlich zum Dienstbeginn ein. Er war frisch rasiert und verströmte den Duft seines After Shaves, doch die Schatten unter seinen Augen zeugten davon, dass er ebenfalls nicht viel Ruhe gefunden hatte.

»Moin, mein Lieber.«

»Moin, Antje. – Was hältst du davon, wenn wir Pommer mit der Verhaftung seines Marinekumpels konfrontieren? Möglicherweise verrät er sich durch seine Reaktion selbst.«

»Du glaubst, er steckt mit Grieser unter einer Decke? Ehrlich gesagt habe ich auch schon daran gedacht. Grundsätzlich finde ich deine Idee gut. Pommer läuft uns aber nicht weg. Er sitzt auf seiner Vogelinsel und kann nicht wissen, dass wir Grieser aus dem Verkehr gezogen haben. Ich würde gern erst unseren Mordverdächtigen verhören. Falls der Herr sich weiterhin in Schweigen hüllt, können wir immer noch neu überlegen.«

Damit war Roland einverstanden. Antje hatte inzwischen ihren Computer hochgefahren. Eine Mail vom kriminaltechnischen Labor Oldenburg weckte ihr Interesse: »Die Kollegen haben das Messer analysiert, das in Harms Tischplatte steckte! – Fingerabdrücke und Täter-DNA konnten nicht nachgewiesen werden. Das wäre ja auch zu schön gewesen. Das Blut stammt von Richard, was uns nicht überraschen dürfte.«

Der Kommissar nickte und sagte: »Selbst ein Schmalspurganove wie Grieser weiß heutzutage, dass man eine Tatwaffe abwischt, um nicht belangt werden zu können.«

»Schmalspurganove ist ein gutes Stichwort, Roland. Ich habe mir die Akte unseres Verdächtigen noch mal genauer angeschaut. Es gibt einen großen Unterschied zwischen einem Fausthieb bei einer Schlägerei und einem eiskalten Mord sowie einem Mordversuch. Wie kam es dazu, dass Grieser plötzlich so ein schweres Verbrechen begeht?«

»Das frage ich mich auch. – Hast du ihn schon verköstigt?«

»Ja.«

»Dann gibt es hoffentlich zum Nachtisch ein Geständnis.«

Mit diesen Worten erhob sich Antjes Kollege von seinem Stuhl und holte den Gefangenen aus der Zelle. Als er gleich darauf mit Grieser ins Wachlokal zurückkam, hatte er dem Verdächtigen wieder Handschellen angelegt. Dieser Mann hatte während der Nacht immerhin eine Frau überfallen und dabei ein Messer bei sich gehabt. Es gab keinen Grund, auf seine Friedfertigkeit zu setzen. Roland platzierte Grieser auf Antjes Besucherstuhl.

»Wie geht es Ihrem Kopf?«, fragte sie.

»Der sitzt noch auf den Schultern.«

Immerhin spricht er mit uns, dachte Antje. Sie sagte: »Sie stehen im Verdacht, Richard von Schwanenhagen getötet zu haben. Sie können die Aussage verweigern, müssen sich nicht selbst belasten und haben das Recht auf einen Anwalt.«

Roland fügte hinzu: »Die Prozedur werden Sie kennen, Sie hatten ja schon oft genug mit der Polizei und der Justiz zu tun.«

Grieser lachte, aber er klang nicht amüsiert.

»Ja, ich habe in meiner Jugend ein paar Dummheiten gemacht. Aber momentan bin ich das Opfer!«

»Das müssen Sie uns schon genauer erklären«, sagte Antje. »Also bestreiten Sie, mit einer Tötungsabsicht auf Luisa von Schwanenhagen losgegangen zu sein?«

»Ich bestreite gar nichts! Im Haus dieser Gräfin haben Sie mich ja kalt erwischt. Aber er hat mich dazu getrieben, es zu tun.«

»Wer?«

»Na, Harm Pommer natürlich! Sie wissen schon, dieser Vogelfritze auf Memmert.«

»Wir wissen, um wen es sich bei Harm Pommer handelt«, erwiderte die Kommissarin ruhig. »Am besten ist es, wenn Sie uns die Geschichte vom Anfang bis zum Ende erzählen. Möchten Sie einen Rechtsbeistand dabeihaben?«

Grieser schüttelte den Kopf und antwortete: »So einen Paragrafenheini brauch ich nicht. In der Zelle hatte ich genug Zeit zum Nachdenken. Und ich weiß, wie der Hase läuft. Wenn ich gestehe, macht das vor Gericht immer einen guten Eindruck.«

Richtig erkannt, dachte Antje. Sie stellte nun Roland und sich offiziell vor und wies darauf hin, dass sie Griesers Angaben sofort in das Textverarbeitungsprogramm tippen wollte. Der Verdächtige hob die Schultern und sagte: »Ja, sicher. Was meinen Sie, wie viele Protokolle ich schon unterschrieben habe?«

Die Polizisten gingen nicht auf die Bemerkung ein. Stattdessen fragte Roland: »Wie lernten Sie Pommer kennen?«

»Wir waren damals bei der Marine. Harm kriegte schon zu der Zeit die Zähne kaum auseinander, und ich redete wie ein Wasserfall. Gegensätze ziehen sich an, oder? Wir wurden richtig gute Kumpels. Auf See ist es oft todlangweilig. Obwohl Harm wenig erzählte, hörte ich von seiner Waisenhaus-Vergangenheit. Eines Tages fiel mir eine Illustrierte in die Hände, darin war eine Story über Adelsfamilien aus dem Baltikum, die jetzt in Deutschland leben. So etwas kratzt mich normalerweise nicht. Ich wollte die Zeitschrift schon wegschmeißen, da sagte Harm plötzlich: ›Bei denen hat meine Mutter mal gearbeitet.‹ Und er zeigte auf ein Foto, das die Grafen von Schwanenhagen zeigte.«

Antje begann zu ahnen, worauf die Sache hinauslief. Aber sie durfte Grieser nicht die Worte in den Mund legen. Daher fragte sie nur: »Was hat das zu bedeuten?«

Der Verdächtige grinste siegessicher. Er schien zu spüren, dass er die volle Aufmerksamkeit der Ermittler hatte. Grieser fuhr fort: »Erst hab ich mir auch nichts dabei gedacht. Doch nach und nach reimte ich mir Dinge zusammen. Ich erfuhr, dass in Harms Geburtsurkunde *Vater: unbekannt* steht. Er meinte, dass er seinen Alten nie kennengelernt hätte. Und seine Mutter starb früh, deshalb kam er ja ins Waisenhaus. Man muss keine schmutzige Fantasie haben, um dem adligen Herrn einen Fehltritt zuzutrauen. Zumal in dem Artikel auch stand, dass der Graf am Usher-Syndrom litt. Wie gesagt, auf See hat man viel Zeit. Ich wälzte schlaue Bücher und fand heraus, dass dies eine seltene Erbkrankheit ist.«

»Was sagte Ihr Kumpel zu diesen Neuigkeiten?«

»Harm wollte nichts davon wissen, Frau Fedder. Er wurde sogar sauer, weil er dachte, ich wollte seine Mutter beleidigen. Aber bei der nächsten Routine-Untersuchung kam dann die Wahrheit ans Licht: Harm Pommer hat auch das Usher-Syndrom.«

»Also war Richard von Schwanenhagen der Halbbruder des Vogelwärters?«, vergewisserte Roland sich.

»Darauf würde ich wetten«, sagte Grieser.

Kapitel 15

Mit dieser Neuigkeit hatte Antje nicht gerechnet. Und ein Blick auf Rolands Gesicht bewies ihr, dass es ihm genauso ging. Sie fragte: »Wie reagierte Pommer auf seine Diagnose?«

»Ich schätze, dass er zunächst geschockt war, Frau Fedder. So genau kann ich das nicht sagen, weil ich wenig später mit einem Offizier zusammenrasselte. Ich flog achtkantig aus der Marine, das wird bestimmt auch in Ihren Akten stehen. Dann verlor ich Harm aus den Augen, weil sich unsere Lebenswege trennten.«

»Nach Ihrer Entlassung aus der Marine sind Sie schnell wieder straffällig geworden«, stellte Roland fest. »Die nächsten drei Jahre haben Sie in der Justizvollzugsanstalt Lingen verbracht.«

»Erinnern Sie mich nicht daran. Das war eine miese Zeit«, sagte Grieser. Er fuhr fort: »Immerhin hatte ich viel Zeit zum Nachdenken. Ich habe die Weisheit nicht mit Löffeln gegessen, aber Harm ist doch der Sohn des Grafen, oder? Da steht ihm doch sein Teil am Erbe zu.«

»Ob Harm Pommer wirklich mit der Familie von Schwanenhagen verwandt ist, kann nur ein DNA-Vergleich zeigen«, stellte Antje klar. »Und ob er finanzielle Ansprüche hat, wird vermutlich ein Gericht entscheiden müssen.«

Roland wollte wissen: »Wie kam es zu dem Mord auf Memmert?«

Grieser antwortete nicht sofort. Ob er sich seine Worte erst zurechtlegte, um in einem möglichst guten Licht zu erscheinen? Die Kommissarin konnte diesen Mann nur schwer einschätzen. Sein Lebensweg deutete darauf hin, dass er im Zweifelsfall immer eine kriminelle Tat einer ehrlichen Arbeit vorzog. Wenn er irgendwo das schnelle Geld witterte, ließ er sich die Chance garantiert nicht entgehen. Als Antje schon nachhaken wollte, öffnete der Verbrecher wieder den Mund: »Als ich aus dem Knast kam, ging es mir ziemlich schlecht. Ich musste an meinen alten Kumpel Harm denken. Und ich fragte mich, ob bei ihm schon der Reichtum ausgebrochen war. Im Internet fand ich heraus, dass er seit einiger Zeit Inselvogt auf Memmert war. Also fuhr ich nach Juist, beschaffte mir ein Schlauchboot und setzte auf die Vogelinsel über. Harm wurde fuchsteufelswild, weil das Betreten ja streng verboten ist. Aber dann erkannte er mich wieder.«

»Freute er sich, Sie zu sehen?«

»Das nehme ich an, Frau Fedder. Er ist ja ziemlich verschlossen. Jedenfalls hatte er sich noch nicht getraut, mit diesen Adligen Kontakt aufzunehmen. Was für eine Pfeife! Ich hingegen hatte meine Hausaufgaben gemacht. Es ist ja kein Geheimnis, dass Luisa von Schwanenhagen ein Ferienhaus auf Juist besitzt und dort mit ihrem merkwürdigen Bruder wohnt. Diese Tatsachen schmierte ich ihm aufs Butterbrot. Das große Geld war zum Greifen nahe. Und was tat dieser Trottel?«

»Sie werden es uns gleich sagen«, vermutete der Kommissar.

Grieser nickte grimmig und erwiderte: »Harm wollte nichts davon wissen. Er meinte, dass er ohne seine Familie gut zurechtkäme. Und ich sollte mich nicht in seine Angelegenheiten einmischen.«

»Was taten Sie daraufhin?«, fragte Antje.

Grieser war blass geworden. Er leckte sich über die rissigen Lippen, sein Blick irrlichterte durch den Raum. Ob er die Ereignisse vor der Bluttat innerlich noch einmal durchlebte? Darüber konnte die Polizistin nur spekulieren. Als er wieder das Wort ergriff, hörte seine Stimme sich rau an. »Ich wurde ziemlich sauer, und das ist noch untertrieben. Harm hätte einfach nur zugreifen müssen. Ist es zu viel verlangt, dass ich für meine Mühen einen gerechten Anteil haben wollte? *Sie* sind doch von der Polizei. Wie würden Sie es nennen, wenn ein Mann um seinen Anteil am Erbe betrogen wird?«

Antje erklärte: »Wie gesagt, die mögliche Verwandtschaft zwischen Harm Pommer und den Geschwistern von Schwanenhagen müsste in einem Zivilprozess geklärt werden. Und falls kein Testament vorliegt, würde Ihr Freund als leiblicher Sohn des Grafen vermutlich seinen Anteil am Vermögen zugesprochen bekommen.«

»Richtig, so ist es!«, rief Grieser triumphierend. »Verstehen Sie jetzt, wozu dieser Idiot Harm mich getrieben hat? Ich rackerte mich ab, um ihm zu seinem Erbe zu verhelfen. Und was tat er? Der Schwachkopf wollte weder von dem Geld noch von mir etwas wissen.«

Die Kommissarin musste plötzlich daran denken, was sie von ihrem Vater über Pommer erfahren hatte. Ob der Vogelwärter zu diesem Zeitpunkt bereits wusste, dass er möglicherweise der uneheliche Sohn eines Adligen war? Hatte er diese Information von Grieser oder aus anderer Quelle erhalten? Letztlich war für die Mordermittlung nur wichtig, ob er in irgendeiner Form an der Bluttat beteiligt gewesen war.

Griesers unangenehme Stimme riss Antje aus ihren Überlegungen: »Ich musste den Druck erhöhen, das war mir klar. Ich hatte ja schon herausgefunden, dass Harms Halbbruder sich gern als Vampir oder Clown verkleidete und wie ein Hanswurst auf Juist herumlief. Ist das nicht ungerecht? Ich bin ein armer Schlucker, während diese Flachzange sich um Geld niemals sorgen musste – mit seiner Banker-Schwester im Hintergrund.«

»Woher wussten Sie über den Beruf dieser Frau Bescheid?«

»Das ist doch kein Geheimnis, Herr Witte. Wenn Sie den Namen Luisa von Schwanenhagen in eine Suchmaschine tippen, gelangen Sie sofort auf die Homepage der Bernward Privatbank.«

»Erzählen Sie uns, was in der Mordnacht geschah«, forderte Antje.

Nach kurzem Zögern begann Grieser stockend zu berichten: »Richard geisterte wieder einmal in seinem Clownskostüm über die Insel. Ich folgte ihm eine Zeit lang, während ich immer wütender wurde. Harm sollte eine Lektion erteilt bekommen. Also sprach ich Richard an und fragte ihn, ob er Lust auf eine nächtliche Bootsfahrt hätte. Er ging sofort darauf ein.«

Das ist nicht verwunderlich, dachte die Kommissarin erbost. Das Opfer war wie ein Kind gewesen, das die Gefahr nicht erkannt hatte.

»Woher hatten Sie das Boot?«, warf Roland ein.

»Ich benutzte ein Beiboot einer Yacht, die schon seit einigen Tagen verwaist im Hafen lag. Ich habe es später brav zurückgebracht – auch, als ich es noch einmal benötigte. Es hat ja niemand etwas bemerkt, auch Sie nicht.«

Das stimmte natürlich, wie Antje selbstkritisch zugeben musste. Wenn die Kommissare herausgefunden hätten, wer sich das Boot genommen hatte, wären sie dem Verbrecher schon früher auf die Schliche gekommen. Andererseits – hätte jemand den Diebstahl bemerkt, wäre die Polizei verständigt worden.

Grieser fuhr fort: »Als wir Memmert erreichten, wollte ich Harm eigentlich nur seinen Halbbruder vorstellen und ihm unter die Nase reiben, wie bescheuert seine adlige Familie ist. Wir betraten also die Vogelinsel. Da wurde ich plötzlich von meinen Gefühlen übermannt, und ich stach Richard nieder. Ich wollte ihn gar nicht töten, das müssen Sie mir glauben. Eigentlich trägt Harm an allem die Schuld, finden Sie nicht?«

Antje musterte den Mörder mit einem kühlen Blick. Sie erlebte es in ihrem Beruf immer wieder, dass Täter nicht die Verantwortung für ihre Handlungen übernehmen wollten. Meist suchten sie die Schuld bei anderen, oft sogar bei ihren Opfern. Nach Ansicht der Kommissarin belogen sie sich mit dieser Haltung nur selbst, und am Urteilsspruch vor Gericht änderte sich dadurch ohnehin nichts. In diesem Fall empfand Antje das Verbrechen als besonders abscheulich, weil Richard von Schwanenhagen völlig arglos gewesen war. Gewiss, es handelte sich um einen erwachsenen Mann. Trotzdem kam es Antje so vor, als ob Grieser ein Kind getötet hätte. Aus seiner Strafakte wusste sie, dass er zu Jähzorn neigte. Möglicherweise hatte er sein Opfer wirklich nicht umbringen wollen. Darüber musste letztlich ein Gericht entscheiden.

Sie sagte: »So ganz ohne Berechnung werden Sie den Messerstich nicht ausgeführt haben, Grieser. Durch den Tod von Pommers Halbbruder gab es eine Person weniger, die vom Erbe profitieren konnte. Also blieben nur noch Pommer und dessen Halbschwester übrig.«

»Daran hatte ich noch gar nicht gedacht«, behauptete der Täter. Besonders überzeugend klang er nicht.

»Und aus welchem Grund haben Sie am nächsten Tag die Tatwaffe in die Tischplatte gerammt?«, wollte Roland wissen.

»Dadurch wollte ich den Druck auf Harm erhöhen, Herr Witte. Ich war zuversichtlich, dass er mich nicht verpfeifen würde. Schließlich wurde die Leiche seines Halbbruders ja auf der Insel gefunden, für die er als Vogelwärter verantwortlich war.«

»Sie wollten Ihren ehemaligen Marine-Kameraden erpressen«, stellte Antje klar. »Sie drohten ihm mit der Lüge, dass Sie den Mord in seinem Auftrag ausgeführt hätten. Das wäre durchaus glaubwürdig gewesen, denn wegen des Erbes hätte Pommer ja ein Motiv gehabt. Wenn erst einmal Gras über die Sache gewachsen war, sollte er sich um das Erbe bemühen und Ihnen einen Anteil überlassen.«

Grieser sagte nichts mehr. Doch sein Gesichtsausdruck bewies, dass die Kommissarin mit ihren Ausführungen den Nagel auf den Kopf getroffen hatte.

Roland ergänzte: »Ihr Pech war nur, dass Sie zu gierig wurden. Je weniger Erben, desto größer würde Ihr Stück vom Kuchen ausfallen. Also wollten Sie auch noch Luisa von Schwanenhagen beseitigen. Sie konnten nicht wissen, dass die Dame einen Liebhaber hatte, der Sie mithilfe eines Bügeleisens ausknockte.«

»Ich bin hier das Opfer«, wiederholte Grieser. »Harm hat seinen zukünftigen Reichtum nur mir zu verdanken.«

»Das glauben Sie doch selbst nicht«, gab Roland trocken zurück. Antje hatte während des Verhörs das Geständnis in den PC getippt. Sie druckte nun die Seiten aus. Der Mörder unterschrieb, nachdem seine Handschellen gelöst worden waren. Danach legte der Kommissar ihm die stählerne Acht sofort wieder an, denn weder Antje noch Roland trauten Grieser über den Weg.

Die Inselpolizistin rief auf dem Festland an, um die Staatsanwaltschaft zu informieren und die Untersuchungshaft für den Mörder vorzubereiten. Da sie zeitig mit dem Verhör begonnen hatten, konnte Grieser noch mit der Vormittagsfähre nach Norddeich gebracht werden. Antje wollte ihn so schnell wie möglich von »ihrem« Töwerland wegbekommen.

Als die Kommissare wenig später mit ihrem Gefangenen zum Fährhafen gingen, wartete dort eine wohlbekannte Gestalt.

»Moin, Harm«, rief Antje. »Woher wusstest du, dass wir eine Verhaftung vorgenommen haben?«

»Ich wusste es nicht, aber ich war heute Morgen so unruhig. Da musste ich mich einfach in mein Boot schwingen und nach Juist herüberkommen.«

»Du Sturkopf hast alles kaputtgemacht!«, warf der Mörder ihm vor. Pommer würdigte ihn keiner Antwort.

»Sie haben jetzt mal Sendepause!«, sagte Roland und schob den Verbrecher ins Fährterminal. In diesem Moment kam Luisa von Schwanenhagen auf ihrem Fahrrad aus Richtung Bahnhofstraße. Antje musterte ihr Gesicht und konnte tatsächlich eine gewisse Familienähnlichkeit zwischen der Adligen und dem Vogelwärter feststellen.

Es sah so aus, als ob Luisa einen Bruder verloren, aber einen anderen gewonnen hatte.

ENDE

Ostfrieslandkrimi-Empfehlungen des Klarant Verlages

Lernen Sie auch die anderen Bücher der Ostfrieslandkrimi-Serie »**Witte und Fedder ermitteln**« von **Sina Jorritsma** kennen:

Die Kommissarin Antje Fedder ist ein waschechtes Juister Inselkind. Sie kennt ihr Heimat-Eiland wie ihre Westentasche. Als zurückhaltende Norddeutsche hat sie manchmal Probleme mit der charmanten und unbeschwerten Art ihres Kollegen Roland Witte, der heimlich in sie verliebt ist. Oder vielleicht doch nicht? Diese Frage muss zunächst unbeantwortet bleiben, denn die beiden Polizisten lösen auf der kleinen Insel auch die kniffligsten Krimirätsel. Auch Antjes Vater Tjark Fedder steht ihnen mit Rat und Tat zur Seite, denn der Gastwirt schnappt viele Informationen auf. Nur die übereifrige Bürgermeisterin Silke Meester erschwert den Ermittlern oft die Arbeit.

In der Serie sind bereits folgende Ostfrieslandkrimis erschienen:

»Juister Herzen«, Band 1
Taschenbuch-ISBN: 978-3-95573-911-9
eBook-ISBN: 978-3-95573-912-6

Ein mysteriöser Todesfall versetzt die ostfriesische Insel Juist in Aufruhr. Im Bett einer Ferienwohnung liegt die Leiche einer jungen Frau. Doch weder sind äußere Verletzungen erkennbar, noch wohnte Diana Schröder in der Unterkunft, in der sie allem Anschein nach starb. Die Inselkommissare Antje Fedder und Roland Witte nehmen die Ermittlungen auf, und schnell finden sie heraus: Die

Ferienwohnung wird von einer Selbsthilfegruppe gemietet, deren Mitglieder ihre große Liebe verloren haben. Juister Herzen nennt sich die Veranstaltung auf der idyllischen Nordseeinsel, die helfen soll, verletzte Seelen wieder zu heilen. Aber wie kam Diana überhaupt in dieses Bett? Und weshalb trug sie eine Pistole bei sich? Ins Visier der Ermittlungen gerät Clemens Vogt, der Leiter der Selbsthilfegruppe. Die Inselkommissare bezweifeln seine guten Absichten und stoßen schließlich doch auf eine überraschende Verbindung zwischen den Juister Herzen und der Toten ...

»Juister Düfte«, Band 2
Taschenbuch-ISBN: 978-3-95573-957-7
eBook-ISBN: 978-3-95573-958-4

»Juister Reiter«, Band 3
Taschenbuch-ISBN: 978-3-96586-027-8
eBook-ISBN: 978-3-96586-028-5

»Juister Taucher«, Band 4
Taschenbuch-ISBN: 978-3-96586-088-9
eBook-ISBN: 978-3-96586-089-6

»Juister Düne«, Band 5
Taschenbuch-ISBN: 978-3-96586-126-8
eBook-ISBN: 978-3-96586-127-5

»Juister Hochzeit«, Band 6
Taschenbuch-ISBN: 978-3-96586-176-3
eBook-ISBN: 978-3-96586-177-0

»Juister Lüge«, Band 7
Taschenbuch-ISBN: 978-3-96586-217-3
eBook-ISBN: 978-3-96586-218-0

»Juister Perlen«, Band 8
Taschenbuch-ISBN: 978-3-96586-267-8
eBook-ISBN: 978-3-96586-268-5

»Juister Zeuge«, Band 9
Taschenbuch-ISBN: 978-3-96586-307-1
eBook-ISBN: 978-3-96586-308-8

»Juister Clown«, Band 10
Taschenbuch-ISBN: 978-3-96586-358-3
eBook-ISBN: 978-3-96586-359-0

Klarant Verlag

Lernen Sie die Ostfrieslandkrimi-Titel des Klarant Verlages kennen und besuchen Sie uns im Internet unter:

www.ostfrieslandkrimi.de

und

www.klarant.de

Sie können dort Näheres über unsere Autoren erfahren, viele weitere interessante Bücher und eBooks finden und Leseproben herunterladen. Mit dem kostenlosen Newsletter auf

www.ostfrieslandkrimi-lesen.de

erhalten Sie aktuelle Informationen rund um das Verlagsprogramm, wie beispielsweise spannende Neuerscheinungen und Gewinnspiele.